南京大学出版社

为我束起长发

徐玲 著

 南京大学出版社

徐玲

　　我相信我的小说原本就存在，只是我不知道它们躲在哪里。它们存在于世界的某个角落，安静又调皮地注视着我，在对的时间、对的情绪里，迫不及待和我相遇，而后通过我，和你们相遇。

　　这些文字带着我指尖的暖意，带着我心头的爱和祈愿，排列组合，体体面面地站在这里，只为和你相遇。爱是人间永恒的主题，我们来到这个世界，就是为了感受爱、得到爱、付出爱，在爱与被爱中，在泪水与欢笑中，生命有了暖意、诗意和深意，成长路上，我们也就遇见了最好的自己。

图书在版编目(CIP)数据

为我束起长发 / 徐玲著. —— 南京：南京大学出版社，2016.6
(徐玲"暖暖爱"系列小说)
ISBN 978-7-305-17119-2

Ⅰ. ①为… Ⅱ. ①徐… Ⅲ. ①短篇小说—小说集—中国—当代 Ⅳ. ①I247.7

中国版本图书馆 CIP 数据核字(2016)第 134060 号

出版发行　南京大学出版社
社　　　址　南京市汉口路 22 号　　　邮　编　210093
出 版 人　金鑫荣

丛 书 名　徐玲"暖暖爱"系列小说
书　　　名　为我束起长发
著　　　者　徐　玲
责任编辑　吴盛杰　还　星　　　编辑热线　025-83686452

照　　　排　南京南琳图文制作有限公司
印　　　刷　南京京新印刷厂
开　　　本　880×1230 1/32　印张 4.375　字数 97 千
版　　　次　2016 年 6 月第 1 版　2016 年 6 月第 1 次印刷
ISBN 978-7-305-17119-2
定　　　价　22.00 元

网址：http://www.njupco.com
官方微博：http://weibo.com/njupco
官方微信号：njupress
销售咨询热线：(025)83594756

目录

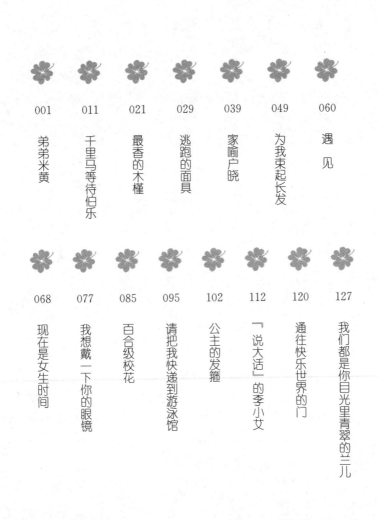

弟弟米黄

三天了，他失踪
三天了。

梧桐叶落满石板路的时候，我最爱的那个人走了。

她走之前告诉我一个秘密。

这个秘密把我吓坏了。

原本她是要一辈子守住这个秘密的，但终究没有憋得住。

米黄哭得天昏地暗，土黄色的圆脸被泪水浸泡和冲刷，肿胀成一个发酵的面包，两只眼睛红得出血，仿佛随时都可能瞎掉，一头乱发从中间向四周打着旋儿，像个刚被糟蹋过的鸟巢。

我说："你哭得再伤心点！"

米黄揉揉塌鼻头，啜泣着，肩膀一拱一拱，嘴里反复叨念：妈，妈，妈……

这些年来,米黄跟我抢妈妈的宠爱,抢玩具、抢牛排、抢电脑、抢自行车、抢表扬……什么都抢,甚至跟我抢床铺的下位,抢旅行的机会。好事他就抢,坏事他就推。学钢琴、做奥数、练书法……这些都成了我一个人的苦难。我忍着、让着,是因为我们是兄弟。

现在妈妈走了,没有人护着他了。

……

时间过得真快,冬风刮到最紧处,雪花便一层层镀满了窗外的小叶黄杨。

厨房里充满热气,空气中散发着速冻饺子讨厌的怪味,爸爸从厦门打来电话,要我和米黄收拾好行囊,准备到他那儿去过寒假。米黄高兴得手舞足蹈,在客厅里跑圈圈,把沙发垫子抛到吊灯上,还抓着我的手臂拼命摇,摇着摇着,就对着妈妈的相片哇哇大哭起来。

我最讨厌他的眼泪。每次都这样,跟演戏似的,说来就来,一来就滂沱不止,搞得气氛很糟糕。

"要去你去,我不去。"我坐到钢琴前,胡乱敲出一串高音。

米黄抹抹眼睛:"可是爸爸订了两张机票!"

"那你就一个人占两个人的座位,吃两份快餐。"我鼻子哼哼,"反正你一贯喜欢多吃多占。"

"不要嘛哥哥,我想跟你一起去。"米黄幼儿似的发嗲。

"饺子快糊了!"我朝厨房努努嘴,"你最好识相点,我 12个,你 8 个。"

"啊?"米黄急坏了,"哥哥不是不喜欢吃速冻饺子吗? 以前都是我吃 12 个,你吃 8 个的!"

"不要跟我提以前,"我一本正经告诫他,"以前妈妈溺爱

你，什么都依你，我只好忍气吞声让着你，现在包庇你的人不在了，我也不必再跟你客气了。以后你什么都得听我的，少吃东西多干活。待会儿吃完饺子赶紧把洗衣机里的袜子拎出来晾。"

米黄撅起嘴巴，哽咽着向我讨饶："哥哥，哥哥，你不要对我凶巴巴的，我是你弟弟。你看你看，妈妈不在了，这个家就只剩下我们俩，你要是对我凶，我会很难过的。要不这样哥哥，姑姑说明天带咱们去动物公园玩儿，我让你坐副驾驶座，我坐后面。以前都是我坐前面的。或者这样哥哥，到了游戏厅，我把游戏币……"

为我束起长发

"别那么多废话。"我强调,"从今往后你必须听我的,什么都用不着你来安排。"

米黄突然没了声音,吸吸鼻头,晃着胳膊走向厨房。

我理直气壮地做起了家里的主人,对米黄指手画脚。米黄一开始还哭哭啼啼难以接受,慢慢也就习惯了。我们之间有了距离,越来越大的距离。

夜晚,周围安静极了,米黄均匀的呼噜声从下铺传来,萦绕在我耳际,我想,我是不是应该和以前一样,容忍他的自私和霸道,好好疼爱他?转念一想,他那么讨厌,不如去厦门算了,最好留在那儿上学。一个没良心的爸爸,再带个没心没肺的儿子,一对父子身在异乡,要学习,要工作,一定会过得手忙脚乱。那也活该,最好他们永远不要回来。

我呢,就留在这儿上中学,反正姑姑会照顾我。

但事情很快有了变化。

就在米黄准备出发的前一天,我们接到一份神秘的快递,是一张 VIP 寒假少年体能极限拓展卡,地点是上海,为期 10 天。奇怪的是,这张卡登记的是妈妈的名字。也就是说,这个机会可以给我,也可以给米黄,反正钱已经付了。

明摆着是去吃苦,而且还得在那儿过年,我才不受那份罪。

我跷腿窝在沙发里,把这张金光闪闪的卡片仔仔细细研究了一番,然后像扔垃圾一样丢给米黄:"弟弟,机会难得,你去吧。"

米黄如获至宝,两只眼睛因为兴奋而鼓得滴溜圆:"上海?哥哥,你让我去上海玩儿?上次妈妈带我去我都没玩儿够,这次我想好好逛一逛海底世界,然后去城隍庙吃小吃,再去步行街买一些上海才有的高档玩具……"

他说完在客厅里跳来跳去，把地板上的牛奶盒子、饼干盒子踩得乱七八糟。

"做梦。"我泼他冷水，"你是去参加一个体能拓展班，不是去玩儿。"

米黄这才安静下来，盯着手中的卡片认真看，看着看着，眉头皱起来，嘴巴撅起来："哥哥，体能极限拓展的意思，是不是每天上体育课，在操场上跑很多圈很多圈？"

"差不多吧。"我拿起 MP4 找歌听，"没事，不会很辛苦。"

"我不要去。"米黄似乎不相信我的话，"训练哪有不辛苦的？我还是去厦门吧，去爸爸身边。"

"傻瓜，上海比厦门好玩多了！"我提醒他。

米黄咬着嘴唇不吱声。

我想了想，觉得非动员他去不可。一是因为不能浪费妈妈交的钱，二是因为让他去接受艰苦的训练，我开心。

我把他拉进沙发："弟弟，你不是最喜欢上海吗？我把这么好的机会让给你，你应该高兴才对。不就是跑跑步嘛，能辛苦到哪儿去？再说训练完还有大餐吃呢！在家里能吃什么？不是饺子就是方便面。"

"可是我想爸爸了。"

"过完年爸爸会回来看我们的。"我哄他，"如果爸爸知道你是为了参加体能训练而放弃去厦门，他会为你自豪的，他会夸你是真正的男子汉！"

米黄眼珠子转来转去，犹豫了。我把耳机塞进他的耳朵："哥哥特许你带上 MP4 去上海。"

米黄动心了，点头说："好吧，我去。"

我心里乐开了花。

送走米黄，我一个人跑到必胜客，要了一份海鲜至尊比萨、一份香酥薯格和一碗菌菇汤，海吃一通后，去网吧找个靠墙的位置泡到半夜。什么钢琴，什么奥数，什么书法，统统见鬼去吧。这12年我活得太苦太累太亏太冤枉，这都怪妈妈，做任何事都对我要求严格到近乎苛刻。而对米黄呢，简直百依百顺，疼爱有加。

现在好了，一切都和从前完全不同了，我可以舒舒服服为所欲为了。

我把电脑音量开到最大，反复播放张杰的《最接近天堂的地方》，在客厅地板上铺满漫画书，在落地窗上用巧克力酱抹出一只卡通狗，然后把满目的冰天雪地用窗帘隔离到室外，坐在地板上咬着牛奶吸管看漫画。管他日起日落，管他云卷云舒，我的世界就这么风轻云淡，随心所欲。

可怜的米黄，这时这刻，你一定撅着屁股在冷风里接受残酷的训练，胖乎乎的大饼脸上流淌着鼻涕和眼泪，那双冻成红萝卜的手早已没了知觉，脑海里却一个劲儿浮想着晚餐的诱人模样……

可怜的弟弟，从今以后，你在这个家里再也没有机会任性，再也没有机会耍赖，再也没有机会偷懒，再也没有机会享受了。我要让你学钢琴、做奥数、练书法，把我所有受过的苦全部转赠给你。而且我不允许你发出一丁点儿抱怨的声音。

腊月二十八，我趴在地板上组装车模，爸爸打来电话。

"米苗，你把你弟弟弄到哪儿去了？"他很不客气地问我。

"上海。"我尽量使自己的声音听起来很有修养，"妈妈临走前报了一个体能训练班，我把机会让给了米黄。"

"可他没去上海。"爸爸说。

"怎么会?"我说,"我送他出门的。"

"他真的不在上海。"

"啊?"我吓坏了,一瞬间脑海里出现一连串可怕的画面。该死的米黄,他居然违抗我的指令,不去参加训练,这也就算了,他还离家出走,下落不明!

"米苗,弟弟比你小3岁,你怎么忍心让他去参加体能训练?"爸爸埋怨我,"为什么你自己不去?"

"我……"我语无伦次,"米黄会在哪儿呢?要不……报……报警吧。"

电话那头突然没了动静。

搁下电话,我瘫倒在地板上,紧张得不能呼吸,无法思考,感觉天要塌了。这个怕死鬼,不敢去参加训练,又不敢回家面对我,难道去浪迹天涯了?三天了,他失踪三天了!大过年的,他可不要饿死冻死!

那也活该,谁让他好吃懒做?平时享福惯了,到吃苦的时候只想着逃避。

我拍拍胸口,努力说服自己平静下来,然后泡了杯奶茶一饮而尽。好了,管他去哪儿,反正我不喜欢他。我继续拼装我的赛车。这种四驱车直道可以飙速,弯道可以飘移,腾空飞跃更是没话说,到了五月份学校科技节,我要带它参加四驱车比赛,拿个奖,风风光光从小学毕业。

以前米黄也对四驱车感兴趣,买过好几辆,都是我负责装卸,他负责玩儿,他那也不叫玩儿,叫折腾,哎,好好的车都被他弄坏了。现在我终于有了一辆簇新的属于自己的四驱车。

在给车底盘安装马达时,我的手不由得颤抖起来。看看身旁,感觉米黄又回来了,跟以前一样傻乎乎蹲着,眼睛忽闪忽闪,不时伸出胖乎乎的手指指指点点,嚷嚷着快点快点。

这会儿他在哪儿遭罪呢?

我的鼻腔一阵发酸。或许应该去找找他。毕竟他才9岁,还是妈妈生前最疼爱的孩子。

裹上羽绒服,我把自己赶进刺骨的冷风里。积雪并不厚,被鞋底挤压发出"咯吱咯吱"的声响,但足以淹没脚踝,我的心也"咯吱咯吱"地一点点收紧。讨厌的家伙,你究竟在哪个角落待着?你大概不会想到我会出来找你吧?你不会哪儿也没去就待在楼底下天天往家里望吧?

我记得有一次我离家出走,就哪儿也没去,躲在楼底下绿化带后面,偷偷盯着家里的窗户发呆。那次是因为妈妈要我练习《布列舞曲》,我抬起手按下一串《见或不见》的副歌音符,结果妈妈罚我把《布列舞曲》弹三十遍。我弹了三遍,摔门而去。

那时我就想,我这辈子都不想碰钢琴了。傍晚我饿得发慌的时候,看见米黄打开了窗,探出身子找我,找到了我,他夸张地笑,然后扔下一个抹了蓝莓酱的比他的脸还大的面包,弄得我满手脏兮兮。

想到这个,我不禁笑了。

更难忘的是有一次我偷玩了电脑,妈妈罚我做三道奥数题,那个类型的题目奥数老师根本还没教过,因此我抓耳挠腮花了一集电视剧的时间都没想出一道题,绝望之中,米黄来了——他花了一集电视剧的时间找到了妈妈苦苦藏匿的答案纸。那一刻,我望着他圆溜溜红扑扑的脸庞,怎么看都觉得他是上帝派给我的天使。

但他更多的是淘气。往我的墨汁里调入芝麻糊,在我的日记本上画满星星,穿脏我的球鞋,在我饭碗里埋肥肉,偷走我的巧克力,灌一只蜗牛在我脖子里,在我睡着的时候用红领巾把我的双脚绑在一起,对妈妈说我说妈妈的坏话,还弄丢了我的同学录……简直是无恶不作。要不是妈妈护着他,我早就想好好教训他了。

哎,不去想妈妈,想了会哭。

也不知道在大街上转悠了多久,只知道路过火锅店的时候,一拨一拨的人抬着脖子往里挤,一拨一拨的人捧着肚子往外走。看看周围,霓虹闪烁,夜色真漂亮。不远处有一家鸭脖子店。好饿,我跟胃商量着,看是不是愿意将就一下。米黄知道,我从来不吃鸭脖子,但是他喜欢,每个星期至少吃一回。每次他啃鸭脖子的时候,我都离他远远的,他却故意来缠我,软磨硬泡要我尝一尝,我不尝他就装模作样哭,引得妈妈批评我。

米黄呀米黄,你在哪儿呢?

我提着半斤鸭脖子,哆哆嗦嗦往家的方向赶。直觉告诉我,这个胆小的家伙如果真的没去上海参加训练,那也不会走远,说不定真的就在楼底下徘徊。只要闻到鸭脖子的香味,他会不顾一切扑上来的……武侠书上说,要一个人出现,必须选准诱饵。

兴冲冲来到楼下,见家里的窗户透着亮光。难道是米黄回来了?火速冲上楼,看见桌上摆着一个陶瓷锅,是好闻的骨头煲。爸爸在厨房里忙得团团转,看见我,眉头微微一蹙,面无表情地招呼:"吃晚饭了……"

"爸爸你怎么回来了?"我太惊讶。这几天自由惯了,看来我的好日子到头了。

他冷冷地说:"我再不回来你就翻天了。"

我站在那儿,像个小偷一样猥琐:"对不起……我找不到米黄……你怎么不去找?难道你一点儿都不担心他?"

爸爸伺弄着一盆蔬菜沙拉:"他是我儿子,我当然担心。"

"他不是你儿子,"我很认真地说,"妈妈偷偷告诉我一个秘密。她说,米黄是她从孤儿院抱来的孩子。"

"抱来的孩子也是孩子。"爸爸端着沙拉站在我面前,"你想想,妈妈为什么要告诉你这个秘密?难道是要你把米黄赶出家门?"

一语惊醒梦中人。我这才明白,妈妈在生命的最后将秘密告诉我,是因为她不能继续照顾米黄了,要我替她好好疼爱他。

"米苗,打个电话给你姑妈,让她和你弟弟一起过来吃晚饭,这几天你弟弟待在你姑妈那儿不习惯,老想着回家。"爸爸拍拍我肩膀。

我懵了。

原来米黄哪儿也没去,一直在姑妈家。他们联合起来骗我!

"我不打。"我梗着脖子说。

"弟弟一直在等你电话,他说,没有你的同意和邀请,他再也不敢回家。"爸爸在我身旁坐下,一个字一个字地说。

我有点小小的生气,小小的激动,当然更多的是小小的惊喜。纠结了一小下,我抓起电话大声喊:"米黄你个混蛋!我买了鸭脖子……"

千里马等待伯乐

为谁千里驰骋，
不知倦怠？

世有伯乐，然后有千里马。千里马常有，而伯乐不常有。不是所有的千里马都能遇见伯乐。谁是我的伯乐？我又是谁的千里马？为谁千里驰骋，不知倦怠？

——题记

图老师走进教室的时候，我正在打扫卫生，按照他清早发布的指令，用指甲盖把粘在墙上的双面胶一点一点刮去。

"已经上课了，听到没？"他在我身后不紧不慢地提醒。

我装聋作哑。我当然听到上课铃声啦，可活还没有干完，总不能半途而废吧。再说，刮双面胶

再无聊,也比听他上语文课有趣多了吧?谁都知道这个黑瘦的老头儿已经好些年没教语文了,据说是因为背驼了,再加上上了年纪,学校就把他安排在图书馆,等退休。没有人知道他姓什么,高兴的话就喊他一声图老师,不高兴的话就在背地里叫他图老头、驼老头。要不是我们的米老师这学期去参加一个什么脱产培训,才轮不到他重拾教鞭呢!

小毕从座位上蹿出来,一把拽住我的胳膊,把我从墙边拖走。这个胆小鬼,见到图老师都毕恭毕敬。

"今天是新学期第一天,首先祝贺你们顺利进入初二下学期。"图老师站在讲台前,扶一扶鼻梁上的黑框眼镜,张开两手撑住讲台,前倾着身子环视教室,用尽量讨好我们的语气说,"能够临时代替你们的班主任,并且教你们语文,我感到非常荣幸。私底下,我为此激动,为此兴奋,甚至为此高歌,但我也诚惶诚恐。为什么这么说呢?"

说到这儿,他尖尖的下巴突然往上一扬,收了声。

大屏幕上出现了一面照片墙,是我们初二(3)班每个人的大头照,任意点开一位同学的头像,立即出现简洁又恰当的个人介绍。

我们讶异得张大嘴巴,还没回过神来,又听图老师解释:"这是你们米老师临走时送我的PPT,他怕我老眼昏花,认不得你们,所以就帮我准备了这么一份预习资料,要我做足功课,再上你们的讲台。她还说,你们都是动物园里的动物,活泼起来像猴子,疯起来像狮子,狡猾起来像兔子,淘气的时候像小花猫,偷懒的时候像大熊猫,不好伺候哇。"

这句话把我们惹得"哧哧"笑。没想到在漂亮的米老师的眼睛里,我们竟然这么变化无常,不成人样。米老师毕竟是年轻老师,缺少底气,缺少威信,没方法,也没经验,说话声音跟蚊子叫似的,生气的时候只知道自己脸红,哪儿招架得住我们？有时候竟然被我们弄得哭鼻子。咳,是应该出去培训培训了,不然我们这个班会更散更乱。

说到动物,不知是谁喊了一句"那米老师自己像什么",教室里立刻沸腾:"脖子那么长,像长颈鹿!""眼睛那么大,像黑猩猩!"

在嘈杂的嚷嚷声里,有人冷不丁冒出一句:"图老师像什么?"

笑闹声立刻收住,"骆驼""骆驼",几个小分贝的声音在有节奏地重复。同学们很给面子地压抑住随时都可能爆发的哄笑声,看图老师如何收场。

没想到图老师大大方方侧过身拱了一下微凸的后背:"嘿嘿,你们以后可以叫我骆驼老师。"

"骆驼祥子?"有人起哄。

"哈哈,我可没祥子年轻帅气！你们还是叫我图老师吧!"图老师满是褶皱的脸夸张地笑道,"我看你们哪儿是猴子、狮子、兔子……如果真要用动物来形容你们,你们分明就是槽枥间清一色的马,只不过长相不同,叫声不同,食量不同,奔跑的速度不同罢了。"

这个说法好。

出乎意料的是,图老师顺着"马"的思路,叫我们把书翻到第 14 页,自习韩愈先生的《马说》。马上有人喊——第一课还没教呢,怎么上来就教第四课？图老师执拗地答非所问:"请同学们把这篇文言文读熟,借助注释理解文章的意思。"

我们很有意见。新学期头一节语文课,哪儿有整节课自习的？看样子图老师只会看书，不会教书，无奈只好布置我们自习。

"哎——"不知是谁叹了口气，教室里的叹气声便海浪一般此起彼伏。

图老师只当没听见，悠闲地在过道里踱来踱去，不时停下来看看身边的同学，嘴巴里念念有词。

好不容易挨到下课以为可以松口气，图老师走过来朝我点点下巴："记得把墙上的双面胶刮干净，我们要布置学习园地。"

我竖起大拇指心疼地观察自己的指甲盖，都磨掉一圈了，随时可能折断。

"图老师盯上你了。"小毕同情地耸耸肩膀，"不过，他要是知道你留着长长的宝贝儿指甲盖，才不忍心让你干这种活呢。"

"他是故意的。"我说，"我的直觉告诉我，他在整我。"

"不会吧？"小毕眼睛睁得滴溜圆，"他看上去憨得像只熊。"

咳，接着干活。墙上的这些双面胶是上学期班委一帮人张贴各种各样的通知留下来的，黏黏糊糊的，不容易处理，还塞满了我的指甲盖，恶心得要命。想想我黄不凡，从出生到现在，哪儿受到过这等罪？虽然语数外成绩总是中不溜秋，但因为脑袋瓜好使，大事小事都有主见有点子，所以在班上威望很高，大伙儿都"不凡哥""不凡哥"地叫我，多有面子。可这个图老师，一来就给我下马威，那么多同学不使唤，偏偏对我发号施令，不是在整我难道是在宠我？

第二天语文课，图老师照旧没有讲课，不仅没有讲课，连课文都没读上一句。他说:"请大家继续自习《马说》,把它背出来,然后针对课文的内容和思想意义,自己提问,自己作答,问题不少于三个。看谁提的问题有水平,回答得精彩。"

背课文难不倒我,提问作答也不难。我在作业本上唰唰写道:

如果我有一匹马,该怎样饲养它?食之尽其材,策之以其道,鸣之通其意。(用纯天然无污染的草料把它喂得饱饱的,按照驱使千里马的方法驱使它,它叫要听懂它的意思,总之要把它的潜力和才能都发挥出来,看它是不是一匹千里马。如果是那就好,如果不是也算对得起它了。)

谁是我的伯乐?不知道,等待中……也许永远不会等到。

我又是谁的千里马?为谁千里驰骋,不知倦怠?答案同上。

这不,一节语文课就这样打发了。图老师做老师也太容易了。

我们在底下窃窃私语,连给校长写状纸的心都有了(上学期我们曾经给校长写过状纸,说米老师太软弱不适合做老师)。

第三天一早,更加不可思议的事情发生了,图老师居然封我做官,但是小得可怜,还不如不做——唐紫燕的助手。唐紫燕是语文课代表,一个说风就是雨,成天叽叽呱呱烦得不得了的女生。我堂堂一个男子汉,跟在她屁股后面做助手,简直是一种羞辱。

"你想不想做语文课代表的助手?"我打小毕的主意,"我把助手职位转赠给你吧。"

小毕转动脑袋去看唐紫燕:"如果不是唐紫燕,我也许会乐意接受。"

"就算不是唐紫燕,我也不乐意。"我胸口堵得慌,"小学一年级我做过副班长,三年级是劳动委员,六年级是体育委员,初一还做过历史课代表呢,没想到今天落到了这步田地。"

小毕深感同情地拍拍我的肩膀,看看我因为刮双面胶而严重受伤的指甲盖说:"兄弟,你要节哀。"

"闭嘴。"我咬牙切齿道,"这个词能乱用? 我看你就应该当一当语文课代表助理,跟唐紫燕好好学学怎么说话!"

小毕捂住嘴巴拼命摇头。

郁闷的是,叫我"不凡哥"的少了,大家都改口称呼我"黄代助",不知道的还以为是"黄袋鼠"呢! 最让我受不了的是,唐紫燕对我呼来唤去,指手画脚,完全把我当小仆人看待,收作业本、发练习卷、催缴作业、检查背诵……甚至擦桌子摆凳子,全部交给我做。她自己只要动动嘴皮子,瞪瞪眼珠子。我这个助理履行了课代表的全部职责,干得气喘吁吁,累得腰酸腿痛,却得不到半点肯定和赞许。

最离谱的是,语文课上,图老师照例不讲课,而是把一节课分成两半,前 20 分钟让我们自习,后 25 分钟全班交流自习成果,并且要我上去主持交流,他自己坐在我的位置上如若旁人。这对我来说是极大的挑战。为了当好主持人,驾驭随时可能出现的争论场面,不至于出洋相,我每天晚上不得不花很多时间和精力研读课文,翻阅参考书,把课文思想意义挖掘得深一点、再深一点，把课堂上同学们交流时可能出现的疑问和分歧预设一遍……真累啊。老师备课也不过如此吧!

"黄代助，我看你又要升了。"小毕在课后调侃我，"有希望直接做语文老师助理。到时候我们大家就叫你……就叫你黄老助!"

我无语。黄老助? 别喊成"黄老鼠"才好!

一个星期后，在成为"黄老鼠"之前，我决定勇敢地站出来为自己说话。

见到图老师的时候，他正在办公室休息，紫砂壶含蓄的壶嘴里飘出碧螺春清雅的芬芳，醉得他闭上眼睛摇头晃脑依依呀呀唱戏，唱的是慢条斯理的锡剧段子。我知道他一大把年纪了，午休的时候不应该被打扰，但为了自己的尊严，不得不暂时破坏他的闲情雅致，我开门见山跟他说："我不想做课代表助理了，您另请高明吧。"

他并没有睁开眼，也没有停止唱戏，但我注意到他的眉头微微蹙了一下。他应该是听见了，只不过可能觉得太突然，一下子难以应对罢了。我站在那儿，尽量耐心地等待着。在等待的时间里，我下意识地去注意他的办公桌。桌上有些凌乱，除了两叠摊开的作业本，一本《辞海》，几本土气的课外书外，还有一张写满名字的表格，我的名字排在第一。

没等我看明白表格的意思，图老师突然深吸一口气，停止了唱戏，睁开眼望着我。"黄不凡，咱们真是心有灵犀啊!"他说完"呵呵"笑了，指了指桌上的表格，"你看，下周的课代表助理就不是你啦，轮到你同桌毕杰。"

原来那是一张课代表助理轮值表。

我默默注视上面一连串熟悉的名字，如释重负地吁口气，却同时在心底滋生出淡淡的失落。这种失落混合着空气中清清的茶香,竟使我的心变得柔软和受伤起来。

图老师示意我在他对面的椅子里坐下,然后提起紫砂壶,往两个小小的茶杯里注入热腾腾的清茶,像对待老朋友似的,递过来一杯"黄不凡,我正想着去请你呢,你就自己跑来了。你说,咱俩是不是特有默契?"

这一刻我突然觉得他有那么一点儿可爱,那么一点儿亲切,那么一点儿高深莫测,似乎能洞察人的心思,预知未来。记不得哪本书上说过,人在图书馆呆久了,就会变得与众不同,变得超凡脱俗,甚至修炼成精。想到这儿,我竟然不敢抬眼再看他,再多说一句话,只是安静地注视手中的小茶杯,感受那淡绿色的液体散发出的脉脉清香。

"谁是我的伯乐?我又是谁的千里马?为谁千里驰骋,不知倦怠?"图老师轻轻抿上一口茶,慢悠悠地说,"这是你的疑问。你说,你在等待,也许……永远不会等到。"

他还记得我学习《马说》的时候胡乱写下的问题,还记得我任性又悲观的回答。我的心跳加速了,端起茶杯一饮而尽,试图掩饰自己的慌乱和尴尬。

"不用担心。你的伯乐已经向你走来。"图老师一边说一边再次为我沏茶。

我惶恐又羞涩地起身告退。

这个驼背的老人是在暗示我,他就是我的伯乐,他从槽枥间那么多匹马儿中一眼认出我是一匹千里马,然后就按照饲养千里马的方法来对待我——安排我干苦活磨平我的指甲,以达到磨掉我傲气和锐气的目的;提拔我做课代表助理,要我主持全班交流,使我不得不比别人更深入地思考问题;听凭同学们叫我"黄代助",以训练我的耐挫力……原来这一切,全是他的良苦用心。

回到教室,小毕推我一把:"干吗拉着一张脸? 图老师批评你了? 不会啊,他看上去憨得像只熊。"

"别再说他是一只熊了,"我拍拍小毕的后背,"他不是凡人,他早已在图书馆修炼成精。"

小毕夸张地张大嘴巴,像看怪物似的看着我:"说具体点,说具体点呀。"

我笑了,敲一下他的大脑门:"准备好,你要走运了!"

按照图老师的安排,我卸任了,把课代表助理的职位传给了小毕,小毕又惊又怕,一时间手足无措,几乎要跳脚流眼泪。如果不是我在一旁安慰他鼓励他帮助他,他一定会崩溃。望着小毕在教室里穿插忙碌的身影,望着他站在讲台前战战兢兢说话的模样,我几乎心生嫉妒,为没有好好珍惜"黄代助"的经历而懊恼,但更多的是欣喜,为自己曾经拥有过这样一份经历而欣喜。

"亲爱的图老师,我想我不会辜负你。既然你认定我是初二(3)班第一匹值得驯化的千里马,那我要用自己的行动让你知道,你没有看错。"我在日记里这样写道。

接下来的日子,我感觉自己浑身充满了力量,满脑子都是智慧,全身每一个细胞都开放着,努力吸收知识的养分,在图老师期许的目光里,如同一匹矫健的马儿,朝着自己越来越明确的目标,忙碌又幸福地奔驰……作文竞赛、辩论赛、期中考试,我的成绩一次次刷新。不仅仅是我,就连小毕也变得踌躇满志,说将来要成为韩愈那样的作家。我们这些原本只会在槽枥间发呆、发愣、发傻的马儿,全部被图老师赶入了跑马场,

为我束起长发

不知疲倦地奔跑，你追我赶，乐此不疲……

劳动节一过，校长室传来消息，说米老师因为成绩优秀，培训提前结束，要回到我们中间了。这就意味着图老师要离开我们了。我们都觉得这是一个不小的打击。

他走的时候，我去帮他收拾办公桌。

"谢谢您，图老师。"我一边把他的茶具和一些书籍放进纸盒子，一边说道，"您是我的伯乐。如果没有您，我一定还是那样浑浑噩噩，不思进取。"

他笑了，笑得眼镜架都滑到了鼻尖上："黄不凡，我可不是你的伯乐。"

我深感讶异："您不是我的伯乐，谁是我的伯乐？"

"这个世界那么大，每个人都那么忙，谁有时间做别人的伯乐啊？"他半开玩笑半认真地说，"其实，每个人心里都住着一个伯乐，只不过有意无意忽略了他的存在。在别人眼里，你可能是微不足道的，而在你自己心里，你是自己的全部，没有人比你更了解你自己，更明白你想追求什么，也没有人比你有更多的时间提醒你自己、帮助你自己。所以，你就是你自己的伯乐，发现自己、举荐自己、培养自己；你也是你自己的千里马，为自己千里驰骋，不知倦怠……"

他说完朝我晃晃脑袋，抱着大大的纸盒子转身而去，微凸的后背一颤一颤，颇有几分仙风道骨。这个了不起的老人，他不是我的伯乐，却唤醒了我心里的伯乐。

最香的木槿

你在我心里，是
最香的木槿。

我们坐一桌的时候，也笑，也闹，形影不离，老庄把我们的座位分得远远的，一个在南窗边，一个在北窗下，我们之间的距离，拉长为教室的宽度。好多次我跃过众人的脑袋看向你，发现你也正望着我，像呵呵的，笑成一朵盛夏的木槿。若离，你走以后，夏天就倏地逃去了，秋天来不及做任何告白，黄叶已散了一地……

——题记

"青霓，把你的名字写上去。"若离用胳膊肘撞了我一下。

我瞟一眼那张四四方方的表格，说道："这事儿跟我没半毛钱关系。"

"你妈妈经营着本市最大的书店,你爸爸是文化局的干部,你奶奶是从图书馆退休的,你爷爷是个书法家,你不填这表,说不过去吧?"

"你最好先搞清楚状况,"我有点儿想笑,"事情的真相是,我妈妈只是书店的普通营业员,我爸爸是文化局的司机,我奶奶在图书馆呆过 13 个月,至于我爷爷,他上个月才迷上书法。"

"不要谦虚啦,填一张表格要不了你多少时间。"若离把表格拉过去,抓起笔,在表头一笔一划写上我的名字,"要不,拿回去让你妈妈填吧。老庄说了,下周一交表格。"

我摇头:"若离,我们家绝对不够资格参评'书香家庭',别浪费名额啦!"

"哎呀,你填上去试试嘛!我知道你们一家人都很爱看书的!"

"我怎么不知道我们一家人都爱看书?咳,咱们班真正爱看书的家庭多着呢,你去找缪尔东填吧。"

我找出橡皮,要把若离刚刚填上的我的大名擦掉。

"缪尔东早就填了。"若离一把抢过橡皮,拉住我的胳膊,"青霓,算我求你了,只是填份表格而已,又不要花钱。给我个面子,我可在老庄面前竭力推荐你了。"

看她这么动真格,我吁口气,无奈地接下表格。

学校开展"书香家庭"评比,要求每个班推荐几户家庭。我从不认为这会和我扯上关系。如果是评选"酱香家庭",那我们家绝对当仁不让。

一家五口人,四个热衷于打麻将,爷爷白天去老年活动室打,奶奶晚上去社区棋牌室打,妈妈一有空就去邻居家打,爸爸更离谱,居然把牌友往家里带。更令人难以置信的是,他们在饭桌上交流战果,清一色都炫耀自己赢了多少多少。怎么可能只赢不输？如果真是这样,遗传起点儿作用,我岂不具有赌王的潜质？

不敢往下想,是不是哪天我血液里的赌性爆发,就会放下课本去赌钱？

匪夷所思的是,生活在麻将声声的家庭中,我竟然还能洁身自好,修得不一般的人品和成绩。

攥着表格回到家,正是晚饭当口。

"青霓,今天作业多吗?"妈妈从厨房端出热乎乎的鲫鱼汤,随口问道。

"还行。"我抓起汤勺,舀一勺鲫鱼汤,小心地吸,"唔,顶多到十点!"

"唷,比我打麻将还辛苦!"奶奶忙着发筷子,"我们才打到九点。"

"初中不辛苦,高中吃大苦。"爷爷从洗手间出来,"青霓,你可要珍惜时光好好学习,不管是自摸还是单钓,都要风风光光赢一把,争取考上重点高中。"

"哈哈,你以为学习像打麻将一样容易啊?"我说,"考试要动脑筋的。"

"打麻将也要动脑筋。"他们仨异口同声地冲我说。

我耸耸肩膀,闷头吃饭。

本来想张嘴把被推荐参评"书香家庭"的事儿告诉他们,这下一点情绪都没有了。

他们心里只有麻将,才不屑于什么"书香家庭"呢。

哎……算了,权当没这回事儿。

为我束起长发

第二天一早，我把表格还给若离。

"啊？你妈妈不愿意填啊？"若离很失望。

"不是。我压根儿没告诉他们。"我吁口气，"若离，你就别强人所难了，就我们家那水准，顶多算个酱香家庭，离书香家庭十万八千里呢！"

"酱香家庭？你们家做酱吗？你们全家爱吃酱？"

"麻将的将，谐音。"我解释。

"切，"若离紧挨着我坐下，"青霓，你要看到你爸爸妈妈、爷爷奶奶的潜力。别老是被他们爱打麻将的外表蒙骗，我怎么感觉到，你们家四位家长浑身都带书香味儿。"

"噗——"我笑得唾沫飞溅，"若离，你功力了得啊！居然闻到了我们家家长身上的书香味儿！"

若离晃晃脑袋，挽住我的胳膊郑重其事地宣布："今天放学后，我去你家，我想闻一闻你们家的书香味儿。"

"得了吧！满屋子都是麻将味儿！"

"成全我嘛！好不好，好不好？"

"好吧。"我抱歉地通知她，"你会非常失望的。"

听说若离放学后要跟我回家，缪尔东死皮赖脸，也要跟着去。

"你去干吗？"我有点儿不客气。

这个校草级班长，出生在名副其实的书香家庭，在他面前我多少有些自卑。

"我去你家理由可多了！"缪尔东扳起了手指，"一路上我可以帮你们提书包，给你们买饮料，还可以充当护花使者；到了你家楼下，我可以帮你们按电梯；进了你家门，我还可以帮你解决掉一些你来不及吃而面临过期的零食！"

"哇！你可真够伶牙俐齿！"若离递过去一只大拇指，转而面对我说，"青霓，就让他跟着去吧，热闹点儿也好。"

若离都开口了，我还能说什么。

得，三个人放学后一起进军我家。

开门到家，妈妈和奶奶正忙着做晚饭，爷爷在客厅练字，爸爸捣鼓着一台风扇。

若离嘴甜，张嘴"爷爷"闭嘴"奶奶"，一会又"叔叔阿姨"叫个不停。

缪尔东也跟着叫，把我们家四位家长哄得笑呵呵，一致挽留他们吃晚饭。

饭桌上，奶奶和妈妈一个劲儿为若离和缪尔东夹菜。

奶奶夹起一块红烧肉放到缪尔东碗里，缪尔东不好意思地说："谢谢奶奶。我最近减肥，很少吃肉。既然是奶奶夹给我的，我就吃一块。可是，您别再给我夹了哦。"

奶奶刚想说什么，若离抢先插话："对对对，他是得减肥。他每天回到家除了看书还是看书，根本不运动。所以，学校这次开展书香家庭评比，班主任第一个推荐他们家报名呢！"

"书香家庭？"奶奶很感兴趣，"我们家青霓也很喜欢看书，我们家也可以报名吧？"

"对对对，我们家也要报名！"爷爷也来劲儿了。

"那就报吧！"爸爸妈妈都赞成。

四位家长的表现让我感到不可思议。

"可以啊！"缪尔东咧着嘴说，"不是都已经给表……"

"哦，是这样的，"若离连忙打断缪尔东的话，笑眯眯地告诉四位家长，"爷爷奶奶、叔叔阿姨，参评书香家庭是有条件的。家庭藏书必须满一千册，家庭中所有的成员都要喜欢读书,每个人每天至少读书一个小时,而且还要写读书心得。我看,你们家恐怕还有些距离。"

"这么复杂?"奶奶咂咂嘴。

"是啊,真不简单。"妈妈说,"我们家这方面比较欠缺。"

"算了。"我撅起嘴巴,"哎,我要是生活在书香家庭该多好。"

沉默了片刻,爷爷放下筷子,严肃认真地说:"其实,这参评条件也不算苛刻。既然我们家青霓这么喜欢读书,咱们可以试试。"

哈哈,有戏。

"好吧,我今晚就下单,买一些书回来,明天开始,每晚读一个小时书。"爸爸第一个表态。

"你说梦话吧?"妈妈一脸诧异地望着爸爸。

"我说到做到。"爸爸一本正经地拍着胸脯说道。

"我也能做到!"爷爷一字一句地说,"书香家庭这块牌子,咱们必须拿下! 拿下,就意味着咱们的青霓出身书香门第,多金贵! 从明天开始,不,从今天开始,我每天读一小时书,每天写一篇读书心得。"

"天呐! 爷爷!"我震惊地合不拢嘴。

"妈,等会儿刷好碗我就看书,你看吗?"妈妈问奶奶。

奶奶郑重其事地点头:"当然看啊! 读一个小时算什么,我每天读两个小时。"

奶奶说完朝爷爷拱鼻子。

爷爷耸起肩膀:"那我也读两个小时!"

"爷爷奶奶、叔叔阿姨,你们这么喜欢读书,书香家庭这块牌子非你们家莫属了!"若离笑呵呵地说。

"是啊，是啊。"缪尔东说，"青霓，你有这么爱读书的爷爷奶奶和爸爸妈妈，真幸福！"

我忍不住笑，偷偷朝若离翘大拇指。

四位家长果然言出必行，接下来的日子，我亲眼见着我们家从"酱香家庭"向"书香家庭"转变……

我不得不佩服若离，她用一个小小的激将法就把我们家四位家长的麻将顽疾给治了。

参评表格交上去了，能不能评上"书香家庭"根本不重要，重要的是，爷爷奶奶和爸爸妈妈真正爱上了读书，我们的家庭书香渐浓……

六月的夕阳下，我和若离肩并肩走在放学路上。路边的木槿花早早地盛开了，朵朵粉红缀在丛丛翠色间，恬静可爱。

"青霓，木槿花真漂亮。"

"是啊，质朴而美丽，还有一种淡淡的清香。"我挽住若离的手臂，"像你。"

"真的？"若离突然有些害羞地别过脸去，甩开我疯跑起来，"青霓，我还真喜欢木槿！"

夕阳把她的背影染得嫣红一片。

然而好景不长，若离告诉我，六月一结束，她就要离开这座城市。他爸爸病了，她得跟着他一起回老家。

这对我来说简直是个晴天霹雳。

她就这样猝不及防地离开了我。

整个夏天，我在牵挂和担心中度过。

秋天说来就来了。

天空高远，明净温婉，让我想起若离纯洁善良的脸庞。

踩着厚厚的梧桐叶，怀抱沾染你气息的"书香家庭"证书，我想你了,若离。

你在老家怎么样了?有没有结实的课桌椅?有没有喷香的午餐?有没有和老庄一样善解人意的班主任?有没有某个人,不管你快乐还是失意,都跟你在一起,就像我。

最最重要的是,你爸爸还好吗?

若离,此刻虽然已是秋天,木槿却依然盛开。让我告诉你,木槿花的花语是温柔地坚持。木槿花朝开夕落,每一次凋谢都是为了下一次更绚烂地开放。就像太阳不断地落下又升起,就像春去秋来四季轮转,生生不息。加油,若离,不管发生什么事,你要温柔地坚持。

如果没有你温柔地坚持,我们家不会弥漫书香。

你在我心里,是最香的木槿。

逃跑的面具

穆大了

我不明白，为什么妈妈非要让我转学？

她怎么会理解，转学对于一个学生来说是一件多么严重的事情，比搬家，比过生日，比出远门旅行，比失去一段友情，甚至比生一场病，都要严重得多。毕竟，转学不能算是一件太正常的事情。

新同学会说：她为什么要来？肯定是在原来的学校待不下去了。

老同学会说：她为什么要走？是不是犯了什么错误被撵走的？

在原先中学的一年里，已经适应了那里的环境，也结交了一帮新朋友，却又要匆匆和他们分开，重新去面对一个陌生的环境，我当然有些无法适应。

他们是一个成熟的有爱的整体,而我的加入显得那么生硬,明显格格不入。

开学不久,学校举行初二年级大合唱比赛。作为原先学校的文艺委员,到了新的集体,我却一点儿文艺的地位和分量都没有。

我觉得大家一点儿都不欢迎我,都不在乎我,更别说喜欢我了。

期待的日子很快来了。

下午三点半,全班人马整装完毕候在幕后,等着大显身手,为我们共同的初二(9)班挣个面子。

我却糗大了。

裙摆比人家长了两寸不说,上衣的领子根本没有熨烫服帖,最突兀的是脚上的白皮鞋,圆头圆脑,鞋帮子连接着幼稚的搭攀,鞋面上散落着金属色的星星,土得掉渣,分明就是幼儿园小女孩穿的那种舞蹈鞋嘛!

妈妈真是太不负责任了。

跟她说过的呀,裙子腰身太粗必须改小,上衣领子太皱必须烫一下,至于白皮鞋,商场里随便挑一双都比这双好看一千倍。

"钟瑶瑶,你的裙子松松垮垮都快掉下来了!"

不知谁嚷嚷了一句,我成了大家关注的焦点。

"呵呵,衣衫不整哦!"

"这次网购的便宜货尺码就是乱,大家都改了,你怎么不叫你妈妈改一下?"

虽然穿了统一的演出服,虽然都戴了面具,虽然认识他们才短短十几天，我却已经能准确分辨出他们的声音。

那些目光哟，从面具的眼窝中射过来，火焰一般朝我身上喷，不仅衣服、鞋子，甚至头发都被一一染上了火，灼灼地燃烧，烫得我浑身发烫。

我这个突然到来的转学生，理所应当成了大家的笑柄。

"裙子松说明钟瑶瑶身材好！"是米慈欣的声音。

听上去怎么酸酸的。

"呵呵哈……"有人在笑。虽然笑声明显是经过努力控制的，却还是让我觉得非常难堪。

"用发夹夹一下就好了。"孟萌不知从哪儿弄来一枚黑发夹，要帮我夹裙口。

"也不靠谱啊。"我嘴上拒绝，心里却很感动。

"喔——"周围有人看着我的裙子起哄。

怎么办呢？这时候低下头沉默或者跳起来咆哮都是没有用的，只有想办法自己给自己解围啦！

我用双手把裙子往上提，恨不得提到胳肢窝，同时鼓着腮帮子用我的无敌大眼睛向周围慢慢扫一圈，抬起下巴为自己找台阶："裙子松一点有什么关系呢？咱们跟人家比的是大合唱，又不是走猫步，我只要保证在台上的 4 分 48 秒不掉链子就行了。熊老师不是说了吗？穿什么是次要的，别把兴奋点放在打扮上，唱得准唱得美唱得气势比天高，齐心协力抱一个奖回教室去，那才是最重要的，对不对？"

最后三个字我不是用嘴喊的，而是用丹田真气吼出来的，特别富有鼓动性。

周围腾起一片热烈的附和："对！"

我钟瑶瑶是谁呀？集美貌和智慧于一身，内外兼修，在原先的中学是熠熠闪光的校花级人物,到了新学校当然能够三言两语把大家的注意力从我那该死的裙子上转移到比赛上了。

尽管如此,我还是觉得不爽,一千个一万个的不满意不痛快不舒服正在胸中如积雨云一般堆积,等见到妈妈,便要一股脑儿朝她发泄雷暴。哼,天底下哪有这么粗心的妈妈!

最重要的是,刚刚那么多人笑话我。

唉,提着裙子的手都酸了,还没轮到我们上场。

舞台上唱得正 high 的是隔壁班,他们唱的是羽泉的《奔跑》,节奏明快歌词励志,差不多点燃了全场的气氛。说起来就气人,本来我们班先选中这首歌,偏偏隔壁班要效仿,那就让给他们咯。那我们选什么呢? 全班意见不统一,到最后没有办法,定下了最最大众化的一首歌,就是红遍大江南北的《最炫民族风》。

隔壁班的老师听见后笑掉了两颗大牙。

"喂喂喂,这是广场舞的曲子啊,参加大合唱比赛合适吗?旋律响起来就让人想到一群大妈大婶正在广场上扭水桶腰,明显缺少美感啊!"

"是啊是啊,五湖四海,大街小巷,男女老少,哪个没听过这首歌? 更别说台下的老师和同学。央视青歌赛评委不是说了吗,比赛尽量别唱大家都太熟悉的歌,除非你自信唱得比原唱还要精彩。"

隔壁班的隔壁班的老师也觉得不妥。

"对呀对呀,熊老师你再考虑考虑。"

就连分管文艺的曹副校长都觉得这首歌不适合。

熊老师跟我们商量了一番,最后非常有主见地告诉所有的人:娱乐就是要大众化,迎合多数人的口味,熟悉的东西更能进入人的心灵,更容易打动人,大家听着听着会产生亲近感和认同感,紧跟着自然就会有好感。我们不怕被比下去,凤凰传奇的演绎的确完美,但他们两个人的热情和我们初二(9)班42个人的热情比起来,谁更具有感染力呢?

这席话令我们群情激奋,令我们斗志昂扬。

我们欢呼。

为我们了不起的熊老师!

为我们了不起的班集体所能够爆发的了不起的热情!

好了,隔壁班的《奔跑》快接近尾声,接下来轮到我们耍帅了!

一只手臂温柔地绕过我的腰际,感觉腰被轻轻地提了一下束了起来,低下头,发现一条细细软软的黑腰带已经缠住了宽大的裙口。

她纤长白皙的双手灵活地将腰带在侧面打了个活扣。

我抬起眼,撞见她含笑灵动的眸子。

"这样就好了。"她顺势给我一个拥抱,拍了一下我的后背。

然后去检查别人的装束。

她的梨花短发清爽活泼,衬得纤瘦明媚的她宛若夏日河塘上清丽的莲。

世界上怎么会有这么招人喜欢的老师?像个姐姐,亲爱的姐姐。

"不好了熊老师,蒋若愚的面具不见了!"有人突然慌张地大叫。

这句话把全班都吓坏了。

面具是早晨才发下来的,每人一副,就要上场了,蒋若愚怎么没了面具?

大家于是忙着找。可是来不及了。

"一个人不戴面具太突兀了!"

"干脆全班都别戴了!"

"那不行! 咱们要做那么多装萌耍酷的动作,不戴面具多放不开啊!"

"反正蒋若愚不能不戴,瞧他那张肉脸……要是他一个人不戴面具,人家还以为咱们全班都长他那副德行!"

同学们叽叽喳喳地议论起来。

熊老师示意大家安静,她看看蒋若愚,看看大家,抿着嘴唇纠结着什么。

隔壁班已经唱完,掌声中,灯光暗下来,大幕收紧,队伍潮水一般朝舞台那头退去……

"接下来上场的是九班,他们的参赛歌曲是……卖个关子吧,等会儿前奏响起来,你们一定马上就能猜出来是哪首歌,这首歌风靡全国,深受大家的喜爱……"主持人有板有眼地报幕。

关键时刻,熊老师转过身一把扯下我的面具,伸长手臂递给蒋若愚。

来不及问什么想什么,我和大家一起被赶上舞台……

全班 42 张面孔,41 张戴了面具,唯独我以真面目示人。更要命的是跟排练的时候一样,我站在第一排的最中间,那个最惹人注意的位置。

黑暗中我拼命搜寻熊老师。虽然我平常脸皮比较厚,但这会儿还是觉得两颊滚烫,身子有些小小的颤抖。因为我知道，只要大幕开启，台下所有的目光都会第一时间捕捉到我，捕捉到一个另类的奇怪的突兀的我。

本来不戴面具是不奇怪的，戴了面具才奇怪，可现在大家都戴了面具，就我不戴，倒显得我奇怪了。

世界上的事情就是这样。你不能跟人家不同，不然你就是另类。哪怕只有你一个是正常的，别人都不正常。

多么渴望熊老师给我一些鼓励，可我怎么转脑袋都寻不到她的影子。

大幕徐徐开启，灯光接二连三亮起来，灼得我睁不开眼。

指挥老师上场了。

熟悉的音乐响起来，我们跟着节奏摇摆身体，挥舞双手。

我感觉自己手脚不听使唤，动作生硬无比，心快跳得飞起来了。为了让自己平静一下，我很努力地深呼吸，却还是没有半点儿勇气将目光移向台下。

台下的老师和同学不会以为我是故意把漂亮的脸蛋露在外面的吧？

那显得我多傻啊！

"苍茫的天涯是我的爱，绵绵的青山脚下花正开，什么样的节奏是最呀最摇摆，什么样的歌声才是最开怀……"

我们的歌声轻快明亮，富有生命的节奏，像跳动的火苗，像闪烁的星光，像奔跑的羚羊，充满青春的活力。

这歌声感染了全场，不知不觉，我们的大合唱扩散成为全场的大合唱，台下不少同学甚至站起来跟我一起摇摆身体。

这情景反过来感染了我。我渐渐放下顾虑，投入到表演中……

为我束起长发

看吧看吧，我就是没戴面具，可这有什么关系呢？我们享受的是唱歌的过程，不必太在意别人的眼光。

看吧看吧，我钟瑶瑶长得就是这么好看。

歌声飞扬，激情四射。我们在舞台上尽情挥洒热情，释放活力。

哦，我看什么了？坐在评委席上的肩宽膀圆的曹副校长站起来了！她跟着我们一起扭屁股……在她身后，那些老师也都站起来扭动身体……

全场几乎要炸了！

随着最后一个音符消失在空气中，我们的演出完美收场。

走下舞台,熊老师和我们一一击掌,祝贺演出成功。

"怎么样?"她走到我跟前,温柔地注视我。

"一开始好紧张,后来好多了。"我拍拍心口,抬起眼去找讨厌的蒋若愚,"都怪蒋若愚,早上刚发的面具,他竟然有本事给弄丢了……"

"哈哈……"周围腾起一片笑浪。

蒋若愚晃着脑袋走过来,高大的身材和周围的同学比起来,像稻田里一棵爱抢营养的杂草,显得格格不入。

"我的面具没有丢啊。"他左手拿出一副面具,右手也拿出一副面具,"还给你,自己挑。"

我怔在那儿半天才回过神来:"熊老师是……他,他……"

一股被戏弄、被欺骗、被伤害后的自卑和颓废感油然而生。

"是我的主意,也是我们大家的主意。"熊老师抱着胳膊望着我。

第一次发现,她笑起来可以如此狡黠。

我静静地望着她,望着全班同学,心里说不出是什么滋味。

比赛结束了,主持人当场宣布成绩,我们班大获全胜,摘取了初二年级大合唱比赛的桂冠。

大家抱在一起又叫又跳,像一只只受了刺激的小兽。好多女生把我围起来,抢着拥抱我。

同学们都说,是熊老师出奇招,让那么多面具衬托我这张天使一般美丽的面孔,所以才有了第一名的好成绩。

其实我知道,奔放的热情和不一般的实力才是我们制胜的法宝,我的真相示人顶多只是其中的一个小亮点。

为我束起长发

　　走出礼堂的时候,我瞥见夕阳像个红透的番茄挂在天边,晚霞金黄,肆意燃烧,一切都是那么美好。

　　"钟瑶瑶,你看,我们大家都很喜欢你哦。"孟萌轻轻挽住我的手臂。

　　"对呀。是不是很开心?"米慈欣也跟上来。

　　我扭头朝她们微笑,仰望天空,深吸一口气,感觉自己有了新的力量。

家喻户晓

幸福来得太猖狂！

李喻抱着一台笔记本电脑冲进操场人堆里大呼小叫的时候，我以为他疯了。

尽管隔得老远，我还是能一眼瞅见李喻因为过度兴奋而涨得通红的面孔和他怀里的灼灼耀眼的苹果绿。

所有的目光被那绿色的宝贝吸引，李喻成了全场焦点，疯跑着、吼叫着，目空一切，忘乎所以。

他这样子让我想起《儒林外史》里面那个突然中举的范进。

兄弟你可不能像范进那样扛不住喜事儿啊！我在心里为他祈祷。

他炫耀了半天终于向我奔过来，喘着大气拼命笑，两眼鼓得溜圆，嘴唇发颤，不知道想说什么。

"不就是一个小本本吗？至于那么激动啊？"我嘴上这么说，心里可羡慕啦。

这家伙运气就是比我好，参加什么比赛都能获奖，不要说作文比赛、唱歌比赛、乒乓球比赛……就连剥花生比赛、吃大饼比赛也能有所收获。最了不起的是有一次参加社区烹饪比赛，凭借一碗酸溜溜的番茄烂面条，他居然也获了奖，得到一只平底锅。

不就一只平底锅吗，没什么了不起呀，李喻偏要拿到学校来显摆，结果没赚到赞声，反而得了个"灰太狼"的雅号。

这回，"灰太狼"竟然如愿以偿得到了一台笔记本电脑，实在是太令人眼红了。

望着他那过于激动而近乎疯狂的神情，我丢开篮球，双手紧紧将他搂住："哥们儿，挺住！人要经得起难过事儿，更要经得起高兴事儿。"

谁知他伸出舌头来舔舔嘴唇，用力咽下一口唾沫，反过来对我说："是啊，你要挺住。"

没等我反应过来，他把笔记本往我怀里塞："嘿嘿，陆晓，拿着，这是你的本本。"

"你……你说什么？"我结巴起来，双腿发软，心儿狂跳。

李喻抬抬下巴："绘画比赛，一等奖是你呀！这是刚送来的奖品。"

这话像一束火一样从我头顶注入身体，然后迅速蔓延，将我整个人燃烧起来。我成了屁股上冒了烟的火箭，轻飘飘要往上蹿。

"不不不不不，灰太狼，你不能跟我开这种玩笑。"我抱着笔记本的双臂不住地颤抖。

"哥们儿，挺住！人要经得起难过事儿，更要经得起高兴事儿。"李喻拍拍我的肩膀，甩甩胳膊走开。

"真的假的？"我在他身后声嘶力竭地喊。

"陆晓，祝贺你哦！李喻说放学后你请全班吃麻辣烫，真的假的？"一帮女生走过来嚷嚷。

"真的？"我笑得像个傻子。

"真的？谢啦！"

她们欢天喜地地跑开了。

我掂量着笔记本小小的分量，"呵呵"笑出声来，然后是放声大笑，笑得前仰后合。

怎么能不开心呢？从小到大，乱七八糟的比赛我参加得多了，从没获过像模像样的奖，没想到这次跟着李喻大老远地去参加什么墙体绘画大赛，破天荒地斩获头奖，老天总算开眼啦！

"笔记本啊笔记本，苹果绿的笔记本，笔记本啊笔记本，陆晓的酷炫笔记本……"我一路哼唱着去追李喻。

"喔！放学后吃麻辣烫！"所到之处，身后无不腾起一片欢呼。

我努力抑制内心的激动，尽量使自己的背影在他们的视线里不那么骄傲，可我发现自己根本做不到，屁股扭得太厉害，于是干脆任凭自己疯得像个范进。

一直到晚上，趴在被子上欣赏苹果绿的本本时，我都不愿意相信这是真的。

幸福来得太猖狂！

这个世界真是太可爱了！

更可爱的是老妈，她怎么也不肯相信她儿子在墙壁上画

为我束起长发

几下就能赚回来一台笔记本电脑,非但不相信,反而一个劲儿把我往坏处想。

这不,我刚为本本接上网线准备上网,老妈假借送牛奶之名擅自闯了进来。

"陆晓,我说过没到暑假不可以上网。"

"你不是这么说的,"我歪着脑袋纠正,"你只是说,没到暑假不可以碰家里的电脑。嘿嘿,这台电脑不是我们家里的,是我的奖品,我可以碰哦。"

"这电脑果真是你的奖品?"

"千真万确。"

"不行,我还是想给你们班主任打个电话确认一下,你是不是真的获了个这么大的奖。"

"跟你说过啦,比赛是校外组织的,班主任一无所知。"我强调,"你要信得过你儿子。"

"可这奖品也太……奖什么不可以,非得奖笔记本电脑。"

老妈喋喋不休起来。在她看来,电脑就是个玩具,笔记本电脑是更嚣张的玩具。她最看不得我玩电脑,说什么互联网上不良信息铺天盖地,好好的青少年一不当心就会被毒害。她绝不容许自己的儿子中毒,家里的电脑加了我这辈子和下辈子都别想破译出的密码。

她越是想尽一切方法阻止,电脑对我的吸引力越大。

真的,我想电脑想疯了。

这回幸福啦,笔记本电脑来啦。

"哎呀你说说清楚,是个什么样的校外比赛呀?怎么会有这么贵重的奖品?"老妈不肯轻易罢休,"你是不是在骗我呢?这本本是你向同学借着玩儿的吧?"

我只好耐下性子解释:"太子港边上的月桂树楼盘开发商组织墙体绘画比赛,李喻拉着我一起去参加的,你不知道啊,就上个星期六下午,哎哟喂,那天月桂树楼盘附近人山人海,想参加的同学多了去了。我和李喻只抽到一张入场券,谁去谁不去呢?我俩灵机一动,临时建了个小组合,两人一起进去了。"

"两个人一起画的?"老妈伸长脖子问我。

"对呀。"我得意得不行,"你猜我们的组合叫什么名字?"

"什么名字?"老妈很感兴趣。

"家喻户晓。"我一字一顿。

"李喻,陆晓,家喻户晓。还挺贴切,亏你们想得出来。可是,既然是两个人一起画的,那这台笔记本你凭什么占为己有?"

"没有,"我说,"我们是以组合的名义混进去的,比赛的时候呢,就各自画各自的了。不过说来也怪,我觉得他画的未来家园比我画的未来汽车气派多了,怎么反而我获头奖了呢?"

"是啊,10年前你们上幼儿园的时候,李喻的画就比你棒,你要是能获一等奖,他准是特等奖。"

气死我了,有这么说自己儿子的吗?

我撇撇嘴:"你儿子时来运转了呗。"

老妈赖着不走,在我床沿上坐下,伸手抚摸簇新的笔记本:"陆晓,妈妈心里不踏实,要不,这笔记本你先别碰,还是让妈妈帮你保管吧。万一到时候搞错了,说这奖品不是给你的,咱们也退得出去。"

"不会搞错,放心吧。"我拍拍老妈的肩膀,笃定地说。

老妈叹口气,脸上的表情似笑非笑,似哭非哭。

为我束起长发

我知道她想把我的笔记本藏起来。

第二天一早,我刚进校园,就见楼梯口的公告栏里面张贴了我们班学习委员写的小报道,夸张的红纸和黑体字,向全校师生宣布我奖到一台笔记本电脑这一特大喜讯。

我成了校园明星。

可想而知,只要同学们都把这消息带回家,我就是家喻户晓的人物了。

我浑身热血沸腾。

进入教室,李喻一见着我就冲过来:"怎么样怎么样,新机子好玩儿吧?"

"新什么呀? 都拆封了,感觉被谁用过。"我说,"不过反应还是蛮快的。"

"知足吧你。"李喻敲我胸膛,"有就行了。"

"你羡慕?"我问他,"你画得比我好,怎么没获奖?"

"就是啊,评委没水平。"李喻不服气,"不然的话,我创作的那未来家园,就是拿到全市去比,也不会空手而归。"

我朝他努努嘴:"得了吧,这次还不是成了我手下败将?"

"那你就可怜可怜我这员手下败将吧。今天放学后我到你家玩儿一会儿。"李喻讨好地说,"明天我送你一本《最小说》。"

我挥挥手:"别拿杂志诱惑我,我没兴趣。咱是好哥们儿,想玩儿就跟我回家呗。"

他立马眉飞色舞。

从来没有哪一天我们可以这么放肆。我们跪在地板上,把屁股翘得老高,石头剪刀布,轮流玩儿电脑。

这样的快活日子持续了好几天。

　　要不是我把笔记本锁到写字桌抽屉里,把钥匙挂在脖子里,恐怕它早就被老妈没收了。

　　事实上,班上像我们这样渴望有一台电脑可以自由使用的同学太多了。家长和老师都把电脑当成我们的敌人,却不知道电脑其实可以成为我们的朋友。除了上网玩点儿小游戏,我们也利用电脑搜索资料、浏览新闻,就算是上线聊天,在群里咋咋呼呼一番,那也是活跃身心、增进友谊嘛! 没他们想象得那么恐怖。

　　快乐的时间总是短暂的,没几天,老妈就找我正式谈话,要我把笔记本交出来由她保管。我当然不愿意。

　　结果老妈联合班主任来做我的思想工作。

　　午后的阳光非常刺眼,我站在一束米蓝色的窗帘旁边,看窗外被光束灼得发黄的树叶,听老妈和班主任此起彼伏的唠叨,头一阵阵犯晕。

　　不知道全世界的老妈和老师是不是都这样,喜欢把事情往坏处想,把自己的孩子自己的学生想得没有一点儿自制能力。

　　其实玩儿电脑这种事远没有大人们想象得那么严重。

　　可她们最终没有放过我。我走出办公室之前,被迫把脖子上的钥匙交了出来。

　　尽管我一千个不答应一万个不愿意,但我知道要是不这么做,我永无宁日。

　　放学的时候,李喻对我一百个不满意。

　　"谁让你把笔记本交出去的? 你脑子进水了? 真笨。好不容易有个本本,还没玩儿几天就被收走,你怎么这样? 大人们怎么这样!"

为我束起长发

我由着他发泄，不接话。

是啊，我笨。早知道笔记本会被老妈没收，我应该早点儿想好办法应对才是，这下好了，想要拿回来比登天还难。

这个世界太不可爱了！

我以为这事儿就算完了，没想到星期天上午，李喻给我打电话，说要拿回笔记本。

我听不明白。

他在电话里放慢语速说道："实话告诉你吧，咱俩是以'家喻户晓组合'的名义参赛的，那个笔记本属于咱俩，不是你一个人的。所以，你老妈没有权利把它没收，如果她非要这么做，那至少得给我两千块。"

我火了："灰太狼你说什么呢？笔记本怎么会是我们两个的？要真是咱俩共同的奖品，你怎么一开始不说清楚？是你把笔记本塞给我的！"

"那是因为……反正，笔记本真的是我们两个的共同财产。你看着办吧。"

他气呼呼地搁下电话。

我才不理他。这么好的哥们儿，关键时刻居然玩儿起了敲诈，真是过分。

不过仔细想想，李喻不是那种贪财的人呀。

好奇心驱使我要把事情弄个水落石出。

倒了三趟公交车，我再次来到太子港附近的月桂树楼盘。

围墙里面的大楼还没开始盖，围墙上我们的画却异常醒目。按照比赛规定，参赛同学画的都是未来之物。我沿着一段围墙随意欣赏起来。不看不知道，一看吓一跳。人家画的未来房屋、未来汽车、未来蔬果、未来生活、未来世界无论是立意还是构图,都比我们家喻户晓组合强多了。

在售楼大厅里,一个穿黑西装的工作人员给我出示了一份资料,是那次墙体绘画比赛的结果。奇怪的是,不要说一等奖,就是优秀奖里也没有我的名字!天啊!长长的获奖者名单里怎么会没有我的名字,没有李喻的名字,没有"家喻户晓"的名字?

我说你们的名单没问题吧。

他和颜悦色地反过来问我有什么问题。

我挠挠头走开了。

没有获奖,哪来的笔记本?事情的真相恐怕只有李喻一个人知道。

一个可怕的猜想在我心底萌生——那笔记本该不会是个赃物吧?李喻手发痒,想电脑想疯了,所以一时没有控制住自己,走进了一家电脑店……得手后心里发慌,又想赶紧转移赃物,我稀里糊涂受了牵连。天!他还真是"灰太狼"!

这么想着,我的心紧绷起来。要是警察追上门,说我帮助李喻转移和藏匿赃物,或者说我是同案犯,或者干脆认定是我一个人干的,那我可就完蛋了。

我越想越紧张,一回家就把事情跟老妈和盘托出。

老妈被我吓得傻愣愣的,赶紧拨李喻家长的电话。

电话打不通,老妈连忙打电话给我班主任……

晚饭前,老妈和班主任一起抱着笔记本去李喻家。

我躲在家里不敢出门。

……

傍晚老妈回来后,脸红扑扑的,坐在沙发上一个劲儿傻笑。

　　原来,这台苹果绿的漂亮笔记本电脑是李喻远在广东的表哥送给他的礼物,李喻妈妈怕李喻玩儿电脑学坏,所以要求他把电脑还给他表哥。李喻哪儿舍得? 还了就没得玩儿了。所以想了个办法把电脑转移给我了,这样一来,我和他都能玩儿到。

　　"哎,为一台笔记本电脑闹得人心惶惶,想想就好笑。"老妈感叹。

　　我嘟起嘴巴说:"要是你们这些做家长的不禁止我们玩儿电脑,这事儿能发生吗?"

　　老妈看看我,不吭声。

为我束起长发

咱们拉勾！

　　从这学期开始，爸爸送我上学的时候选择绕路。本来十分钟的车程，绕了路要花上二十分钟。如果遇上堵车，我说不定会迟到。

　　为了避免堵车，我起得更早了。我的早起完全是被逼无奈。你想啊，两只闹钟冲着你的耳朵左右轰炸，是人就会睡不下去。

　　我是人吗？很奇怪，有时候我的脑子里会冒出这样的问题。我觉得自己更像一部被设置好固定程序的机器，机械地重复每天相同的动作，穿衣、洗漱、吃饭、背书包。在我完成这一系列动作的时候，他们不让我的耳朵闲着。复读机里有个女的冲我读英语课文，舌尖绕来绕去总是那个调，我如果不将耳朵调到关闭状态，完全没有办法吃完早饭。

"外国人真这样说话吗?"有一次我忍不住向 Miss 向请教。

她的长发几乎遮住了整张脸,只露出两只大眼睛,"Yes."

"恶心。"我脱口而出。

结果我被领去了办公室,随后赶来的还有我的爸爸,那个每天把头发梳得油光可鉴的爱面子的出租车司机。

"向老师道歉。"爸爸命令我。

我解释:"我不是说她恶心,我说的是录音带里那个女的。"

爸爸像警察对待犯人那样朝我吼:"道歉!"

"向录音带里那个女的道歉吗?"我不以为然,"她长耳朵了吗?"

爸爸急了,抢起大拳有动武的意思,我见势不妙拔腿就溜。

不过,我能溜到哪儿去? 初中毕业证书还没拿到,口袋又空空如也,能出去混吗? 天黑的时候饥肠辘辘的我回家了,等待我的除了一顿暴打,还有 800 字的保证书。

在保证书的最后,爸爸要求我写上这样一句话:

我保证考入紫藤高中。

不就是一句话吗? 写就写。被强迫的保证,能算数吗?

说到紫藤,我的气就不打一处来。据说它是本市最好的高中,家长们拼了命地把子女往里边塞。可紫藤的门槛太高,一般人进不去,除非符合"三高"中的一高:权高、钱高、分数高。我家历代没人当官,当然没权;爸爸妈妈都是握方向盘的,钱自然堆不起来。既没权又没钱,他们就把希望寄托在我的分数上。

我的语数政物化都很不错,偏偏英语是跛子科,怎么也考不好。或许到时候会有奇迹发生吧,我不止一次苦笑着安慰自己。

我坐在出租车的后排,面无表情地看车窗外闪过的高楼和树影。前面就是紫藤高中了,那片紫色的外墙特别刺眼。

车速渐渐放慢。

"快看,紫藤高中。"爸爸盯着后视镜里我的脸说。

我的目光懒散地在那片紫色上移过,心里留下一团紫色的阴云。

紫藤对我来说再没有新鲜感了。爸爸每天载着我绕路,就是为了让我看看它,让我清楚自己的奋斗目标。然而我觉得完全没有这样的必要。目标没有确立,心理障碍却快形成了。我对紫藤简直充满恐惧感,它仿佛是一座压在我胸口的大山,使我难受得喘不过气来。

就这样,每天二十分钟的车程,爸爸就只说那一句话。我们父子之间除了紫藤,便再没话题,这让我觉得很郁闷。

实际上我是非常孤独的。爸爸妈妈为了挣钱从不让车轮子停下,一个白班,一个夜班,陀螺一样地轮流旋转。我记忆中几乎没有三个人一起吃晚饭看电视的情景。很多情况下,我觉得自己是更像单亲家庭的孩子。

我害怕孤独,孤独的时候无所事事就会想到下象棋。本来我是很想打电脑游戏的,可家里的电脑上不了网,我又不忍

为我束起长发

心偷他们的血汗钱跑到网吧去，所以干脆一个人盘坐在床上下象棋。我的本领很高，左手跟右手对弈，谁也不帮谁，看哪只手能赢。我发现这是消除寂寞的最好办法。

可是有一次，我下象棋的事情被妈妈发现了。

那是一个周末的晚上。我的左手跟右手斗得不分胜负的时候，妈妈神不知鬼不觉地站在了我身后，她如果不说话，我是不会发现她的。

"你在下棋！"妈妈大喝一声，仿佛看见棋在下我。

我的心"咯噔"一下，惶恐了一秒钟后马上又故作镇定，抛出去一个反问句："我不可以下棋吗？"

妈妈把手上的牛奶杯搁在写字桌上，摆足了架子跟我讲道理，从小道理讲到大道理，再从大道理回到小道理，折腾得我头昏脑涨。临走，她收去了我的宝贝象棋。出了门，她又退回来补充道："记住，你再努力下棋，也下不到世界冠军。所以下棋完全是白搭，还不如背英语课文。"我哭笑不得。妈妈哪儿知道，她剥夺的是我紧张的学习之余仅存的一点快乐和慰藉。

我后悔得要死。每次一个人待在房间里总是把钥匙拔下来的，这次怎么就疏忽了呢？打那以后，我的房间被迫不许关门。

面对啰嗦得不行的妈妈和沉默得可怕的爸爸，我感觉生活越来越枯燥乏味和没有希望。再加上那个可望而不可即的紫藤，我郁闷得快憋出毛病来了。

星期一放学之前，1—2单元的英语试卷发下来了。破天荒地，我得了个不及格。我的英语成绩一直不理想，可再差也没考过不及格，这次运气实在是背透了，120分的试卷，我才考了 68 分。

同桌平头幸灾乐祸地说:"兄弟,别泄气,差 4 分就及格了。哈哈,68,乐吧,多吉利的数字!"

我瞟了一眼他的试卷,酸溜溜地说:"你小子水平不错嘛,99,都接近 120 分了!"

"我下功夫的!"平头大言不惭,"你下次也努力努力。"

什么话!我懒得理他,自顾自地整理书包。

"赵一童!"有人喊我的名字。

我稍稍抬起眼睛,映入眼帘的是一排梅花形的衬衫纽扣。我不敢再朝上边看,因为我知道,那排漂亮纽扣的末端,一定拉着一张长脸。

我被带进了办公室。

"你说,为什么只考了这么点儿分?"Miss 向激动地责问我。

我抬起头,瞥见 Miss 向披散的长发中间一张苍白的脸,还有两只愤怒的大眼睛。如果她不总是那么严肃,大概会有人说她漂亮吧。我突然想。

"说话呀!"Miss 向的嗓门比身材粗多了。

我咽了口唾沫,尽量装得平静一些,鼓起勇气正视 Miss 向,一个字一个字地说:"我不喜欢英语。"

Miss 向愣愣地看着我,仿佛端详一件新出土的文物,讶异的程度令我浑身不自在。然后,她当着我的面伸手去动电话机。

"不要告诉我爸爸。"我的反应比猎豹还快。

Miss 向把手缩回来,顺手撩了一下右耳际的长头发,露出好看的右半边脸,"那你说说,为什么不喜欢英语?"

为我束起长发

"不喜欢就是不喜欢。"我随心所欲地回答，"就像你不喜欢把长头发束起来一样。"

Miss 向火了，"噌"地站起来，"你学英语跟我的头发有什么关系？"

"没有关系。"我的心跳得没了规则，"我举个例子而已。"

Miss 向陷入了沉默。那沉默令我费解。

"你可以走了。"最后她头也不抬地朝我挥挥手。

我出去之前很想看清楚她的表情，可她一直保持着低头的姿势，而且长发恰到好处地遮掩着脸，我什么也没看见。

我不明白为什么随便举了个例子就把 Miss 向给击闷了。但我感到庆幸，毕竟爸爸还不知道我那个吉利的分数，要是他知道了，我就很不吉利了。凭我对他的了解，他定会借助武力解决问题的。

接下来几天的英语课上，Miss 向的目光只要一触及我，便急急地收回，不再如从前那般自然。我在惴惴不安中挨过了一天又一天。每过一天，我就觉得多一分安全。我并不是害怕爸爸的拳头，只是不服气他解决问题的方法，那么简单那么粗暴，仿佛我不是他儿子，而是他饲养的某种动物。

一向盛气凌人的 Miss 向也不过如此，她终究不敢打那通电话，我愉快地感叹。

两个星期后，第 3 单元英语成绩出来了，我得了 71 分，还是不及格。

平头瞪圆了眼睛夸张地说："考一次就前进 3 分，进步不小嘛！照这样计算，毕业考能有 120 分！"

我合上试卷装聋作哑。

"赵一童，Miss 向办公室有请。"课代表跑来敲敲我的课桌。

我鼻子里"哼"了一声,懒散地站起来,不紧不慢地走向办公室,脑子里盘算着如何把自己武装起来,不让 Miss 向占了上风。

奇怪的是,这一次 Miss 向的目光没有了原先的犀利和冷漠。她请我坐在她对面的椅子里,轻飘飘地说:"赵一童,你又没考好。"

坐在椅子里的我思维变得迟钝,以至于不知道该怎么接话。

"你上次的话让我很有感触。"Miss 向说话的语气很温和,"还真被你说对了,我的确不喜欢把长头发束起来,就像你不喜欢英语一样。"

这下换我不自在了。

沉默一会儿,Miss 向又说:"你真是个特别的男孩。"

"啊?我……"我结巴了。我放下了武装。

"你不喜欢学英语,我不喜欢束长发,我们都很有个性。"Miss 向柔声说,"我觉得,我们不妨挑战一下自己,尝试着把自己不喜欢的事情做好。"

我仔细地听着。

"你看,我们之间能不能有个约定?"

"约定?"我觉得新鲜,"什么约定?"

"我要是把长头发束起来,你愿意认真学英语吗?"

她说完这些就静静地看着我,目光如月光般倾泻过来。我的心开始亮堂起来。在我记忆中,Miss 向的长发一直都披散着,没有任何时候是束起来的,我甚至没有看清楚过她整张脸。于是我脱口而出:"当然愿意。"

为我束起长发

Miss 向吁了口气。

"不过,你真的愿意把长头发束起来?"我深表怀疑。

Miss 向一本正经地伸出右手小指:"咱们拉钩。"

我抬起眼,猛地触及她温存又坚定的眼神,忽然有一种被尊重的感觉,心里一下子洒进了大朵阳光,孤独和郁闷全都冰雪消融了。

有一个长得不错的年轻女教师愿为我束起长发,我的激动和喜悦之情是难以用语言形容的。

我心头一热,鬼使神差地伸出右手小指。

拉完勾，Miss 向居然朝我笑了，这是她稀有的表情。她笑起来很漂亮，非同寻常的漂亮。

随后，Miss 向伸手轻轻地把长发束在脑后，笨拙地绕上黑发带。一条长及腰际的马尾辫诞生了，而我，有幸成为它的第一个观众。

然而，当我终于看清楚 Miss 向的整张脸时，竟惊讶得说不出话。我分明看见那张漂亮的瓜子脸的左腮靠近耳际处，长着一块硬币那么大的红色胎记，那么深刻，那么醒目，仿佛烙上去的。

从那天开始，我变成了另外一个赵一童。

吃早饭的时候，我觉得录音带里那个朗读英语课文的声音不知怎么的变好听了，我也忘记了怎么使用耳朵的关闭功能。

上学路上，路过紫藤高中的时候，那片紫色的外墙变得温暖和充满诱惑，我的心情也变得轻松和明朗。

英语课上，我总能看见 Miss 向束起的长发，还有那块红色的胎记。平头一次又一次愣头愣脑感叹："Miss 向的胎记长哪儿不好，非得长到脸上？那么漂亮的一张脸，真是美中不足啊……"

我保持沉默。

在我和 Miss 向的共同努力下，我的英语成绩开始好转。爸爸每一次看见我的英语试卷都欣慰地点头。妈妈说，照这样下去，我的英语成绩一定会拔尖，没了跛子科，考取紫藤高中的把握就大了。

我的自信和抱负在一点点堆积，以至于逐渐发现了生活中许多美好和快乐的事。

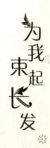

然而就在毕业前的半个月，意外突然发生了。

那天英语课的铃声响过好久，Miss 向都没有出现。

过了一会儿班主任来了，她是流着眼泪走进来的。她的抽泣声把大家弄得紧张又惶恐。

我的脑海里闪过一大堆可怕的猜测。

"Miss 向上班途中出了车祸，脑袋着地，当场昏迷，被送进了医院……"

我甩开膀子拼命朝医院奔，眼前不断浮现出那条长及腰际的马尾辫和那块红色的胎记。

Miss 向，你那么美丽、那么善解人意、那么富有爱心，你还没有看到我考入紫藤高中，你不能有事！我疯一样地跑进急诊大楼。如果不是医护人员拦着，我一定会冲进手术室。我有太多太多话要告诉 Miss 向，我怕不说就永远没有机会了。

等待的滋味是痛苦的。三个小时，恍若三个世纪。从来没有哪一刻我曾相信过神明，而在等待中我竟然闭着眼睛为 Miss 向祈祷了万遍千遍。

幸运的是，Miss 向挺过来了，而且脑部手术很成功。遗憾的是她那头长发已荡然无存。

她醒来的时候，我正坐在她身边。看着她那被白纱包裹得严严实实的脑袋，我突然忘记了一肚子的话，只是一个劲地叫："Miss 向，Miss 向，Miss 向……"

Miss 向对我浅浅地笑。

我心疼地说："Miss 向，你的长发……"

Miss 向吃力地问："长发没了……我们的约定……还有用吗？"

我重重地点头。

后来,我如愿考上了紫藤高中。那不是奇迹,而是我努力的结果。所有的人都惊叹我的英语成绩进步之快,我爸爸逢人就说那是他绕路的功劳。他们并不知道,漂亮的 Miss 向,曾为我束起长长的头发。

遇见

我知道这样不好，
非常不好。

　　我举着餐盘好不容易从人缝里挤出来，却被人踩到了脚背。一个"啊"字刚蹿出喉咙，有个声音在耳畔连连说"对不起"，我只顾低头去找鞋，看新买的李宁运动鞋是不是被踩皱了（尽管它很便宜，而且是冒牌的），不料手上的餐盘失去平衡，连菜带汁一股脑儿倾泻到某人格子条纹的衬衫上……

　　哦，My god！好帅的一张脸！

　　在一片小小的喧嚣声里，我手忙脚乱地帮人家捏去衣服上的菜叶子，还用纸巾象征性地擦了又擦，说了 N 个"不好意思"。

　　他居然不生气，还老实巴交地交代："是我先踩到了你的脚。"

这下平了，他脏了我的鞋，我脏了他的衣服。

这家伙哪个班的？怎么之前从没见过他？

我们就这样匆匆遇见匆匆走过。那张帅气的脸、那副忠厚的表情和那件浅蓝色的格子衬衫，我好像无法忘记了。

正是星期日的午后，室友们大多去学校篮球场看比赛了，听说是3班对4班的班际联谊赛。宿舍里只剩下我和小麦。小麦正兴致勃勃地翻阅《康熙王朝》，一副如痴如醉的傻样。我倚在窗前发呆，好像在思量着什么，又似乎脑袋一片空白。发呆真是一件令人愉快的事情，无端地让我觉得自己有些与众不同的优雅气质和哲学家风度。

小麦换了个姿势趴在书桌前，瞥见我说："小鹿，你知道不知道你看上去有一点点忧郁哦。"

我不喜欢"忧郁"这个词。

"是吗？有吗？"我甩甩胳膊，"本小姐可是著名的乐天派。"

"切，我看你是伟大的思想家。有篮球赛不去看，躲在这儿想心事。"小麦嘟哝着，闷头继续研究她钟情的清朝历史。

我瞪她："有篮球赛不去看，非得猫在这儿会康熙，你这个书呆子。"

小麦装聋作哑。

我从床头捞起席慕蓉的诗集，想翻，却忍不住想起一些伤感的事。

奶奶已经病了一段日子，枯瘦的脸儿和深凹的眼睛总在我脑海里浮现。病就病呗，为什么只睁眼不说话呢？也不能动。

弟弟木头在学校又调皮了，居然跟班主任动武，撕坏人家的新衣服不说,还藏了人家的备课本,原因只是班主任嫌他字不端正要他重写作业。

还有妈妈,她手上的裂口一定又变宽变多了吧?一个人劳作,四个人吃饭,她肩上的担子也太重了些。

想到这些,我的忧郁真正袭来,冷飕飕的,以至于把我折腾得头脑发胀,浑身沉甸甸的。我放下诗集去翻英语书,命令自己认真一点,再认真一点,就算是不回家的星期日也不能虚度,争取以优异的成绩考入重点高中。

没过多久,走廊外响起嬉闹声,室友们嘻嘻哈哈地回来了。

"天大的损失啊!"阿祁夸张地伸出手指戳我的鼻头,"你们错过了21世纪最酷最炫的一场篮球赛。"

"真的好精彩呢,"莫莫转动着机灵的眼珠子,"你们没瞧见,3班的7号多了不起,在最后一秒钟投进一只3分球,使得3班以1分之差反败为胜。天意,这完全是天意!"

其他室友也纷纷盘点篮球赛的精彩之处。

我听不下去了:"喂,咱们是2班耶。3班跟4班的篮球赛谁输谁赢跟咱们有关系吗?"

"有关系。"莫莫往我怀里蹭,"至少能让咱班那帮自以为是的男生开开眼界。要是他们不研究战略、不改变策略、不下苦功夫,没准儿下次跟人家PK会输得很惨。"

我扬扬手上的英语书:"还是在书本上多下点功夫吧。都初三了,神经绷紧一点。"

莫莫把嘴撅起来:"亲爱的,你真扫兴。难得有个不回家的星期天,非得提这些不开心的事。"

"不提不提,"我摆摆手,"你们继续快活去吧。"

"噢——逛街去——"

不知谁喊了一声,姐妹们又溜了。

其实我应该回一趟家,看能不能帮妈妈做点什么。她白天要去单位上班,晚上要伺候奶奶,还得管木头,剩下的时间还要做刺绣挣外快,忙得连上卫生间都是跑步前进的。

想到这些,我突然恨自己长得太慢。要是现在就大学毕业参加工作,那该是一件多么美好的事。

我感觉好沉重。

沉重归沉重,我的心里却跑出来一只小兔子,指挥着眼睛有意无意去寻找一个人。操场上、走廊边、食堂里、楼梯口,我留意擦肩而过的每一拨男生,渴望发现那蓝色格子的衫浅,还有那一张帅得过分的脸。

好想遇见,又好怕遇见。

几天后的一个午后,莫莫和阿祁拉我去小店。她们都要了一包小小的虾条,我们跷着脚在亭子里偷吃。秋天的阳光很灿烂,有一股东西被晒熟的味道,我闭着眼睛说:"莫莫,阿祁,你们觉得自己快乐吗?"

"老师少布置点作业我就快乐。"莫莫没心没肺地说,"烦死啦,试卷都像床单那么长。"

"可是,不经历风雨怎么见彩虹?"阿祁的声音里带着笑,"努力一把,拿到重点中学的 Pass,考上大学就 Ok 啦!"

"说得那么轻松,日子长着哩!"莫莫抓我的辫子搂我的胳膊,"小鹿,小麦没说错,你看上去果真有点忧郁呢。"

"小麦这张大嘴!"我睁开眼晃晃肩膀,"其实也没什么啦。就是觉得胸口堵得慌。"

"要不,我们也去打篮球?跟男生似的。"莫莫提议。

"好哇好哇。"阿祁跳起来,"我爱上篮球了!"

"你是爱上打篮球的人了吧?"莫莫坏坏地"嘎嘎"笑。

"你去死——"

两个家伙扭作一团。

我瞪她们:"回教室啦,床单等着我们呢。"

"呜——"

我推门而进的时候,意外与一蓝色格子的衫浅擦肩而过。那一瞬间我的心慌起来乱起来。当我返身去找他,只见那人消失在楼梯口。我勇敢地追过去,在又一个楼梯拐弯处终于看清楚他的脸。

唉,错了。

我静静地伫立,忽然觉得自己好傻,傻得无可救药。

然而,想再次遇见某人的愿望越来越强烈。

我知道这样不好,非常不好。

秋渐渐凉起来,凉到应该把衬衫裹在外套里面。那衫浅蓝,我是否还能遇见?

一个人徜徉在晚风中的橱窗边,任风吹在脸上,不禁有些伤感,瞥见橱窗里一张鲜亮的照片,下意识地抬眼。那个有点模糊的鱼跃而起的身影,多么像他。真的很像。我的心波轻轻荡漾起涟漪,脸发烫了。

"嘿,小鹿!"莫莫不知从哪儿闪出来,一把将我拖走,"走啊快走啊。"

"救火去吗?"我对着橱窗里那个身影有些留恋地再瞟一眼。

"你忘啦? 今天晚自习班主任请老师给我们讲诗歌呢!"莫莫看上去很激动,"你不是对诗歌感兴趣吗?"

是的,我喜欢诗歌,身边有好几本诗集。可自从爸爸走了、奶奶病了,我莫名地觉得热爱诗歌是一种奢侈。诗歌的确是很美好的东西,我依然把它放在枕边,藏在心里,但我知道我们的距离越来越遥远。

离晚自习上课还有几分钟,我抓紧时间对付一道一直想对付但下不了决心对付的化学难题。

教室里一阵骚动。

"3班的7号!"不知谁喊了一句。

我迟迟地抬眼,看见一衫浅蓝色的格子和一张绽放笑容的脸。

天!我终于再次遇见了他!

他的目光有点放不开地环视:"同学们好,我是华一凡,是3班新来的实习老师……"

"怪不得4班会输!"有男生惊叫,"原来3班实习老师亲自上阵!"

"不是的不是的,"他略带羞涩地摆手,"我是3班新来的实习老师的好朋友,才上大二。"

哦,原来如此。3班的实习老师我们都见过,是个小个子大男孩。他自己上不了篮球场,搬来好朋友做救兵。

"你们可以叫我华一凡,或者一凡。"

华一凡真的给我们讲诗歌了,从屈原,到李杜,到郭沫若,到舒婷,再到但丁和泰戈尔。他温文尔雅地站在那里滔滔不绝地讲,让我产生一种浅浅的矜持,以至于不好意思放任自己去看他的眼睛,害怕和他的眸子猝不及防地交汇。

末了,他问:"你们班谁最喜欢诗?"

"小鹿!"同学们齐吼着,目光在我脸上聚焦。

我头皮发麻。

华一凡顺着那些目光轻轻地朝我走来,一步一步,我的心儿蹦跳得飞快。他站在我身边,我感受到一股暖暖的气流将我包裹,甚至还可以感受到他的呼吸。

"你叫小鹿?"

我站起来微微抬起眼睛,看见格子衣服的上面,那双英俊非凡的眼。

我们四目相对了。这一刻远没有我想象得那么激动和无法控制。相反,当我凝视他明亮的眸子,心绪渐渐地平静下来。

我坦然地望着他,发觉他只不过是一个长得好看的温和的邻家哥哥。

我的小兔子似乎逃走了。

华一凡直截了当地说:"再见到你,真好。"

周围有一点小小的起哄。

"你最喜欢谁的诗?"

我老土地回答:"席慕蓉。"

"哦,一个蒙古族的有才气的女诗人。"华一凡语气里明显有小小的兴奋,"最喜欢哪首?"

我率真地吟诵:"在陌生的城市里醒来/唇间仍留着你的名字/爱人我已离你千万里/我也知道/十六岁的花季只开一次/但我仍在意裙裾的洁白/在意那一切被赞美的/被宠爱与抚慰的情怀/在意那金色的梦幻的网/替我挡住异域的风霜/爱原来是一种酒/饮了就化作思念/而在陌生的城市里/我夜夜举杯/遥向着十六岁的花季。"

哗啦啦掌声四起。

"不错不错。"华一凡绅士般微笑，"席慕蓉的诗都是极美的心曲，笼罩着优雅的伤感，仿佛不经意，却能深深打动人，《青春》《一棵开花的树》《莲的心事》……都让人们忍不住一遍又一遍地怀想。"

他说得好准，真是我的知音！

我幸福地点头。

当晚自习下课铃声骤然响起，同学们随着华一凡的潇洒转身渐渐散去，我依然站在那儿，回忆刚刚过去的一幕。

莫莫牵我的衣角："你们早就认识啦？实话实说。"

"不，"我认真地说，"我们刚刚遇见。"

回到宿舍就接到一个电话，是妈妈算准时间打来的。

"小鹿，明天是你的生日。"

"我知道。"我有点要哭，"谢谢妈妈。"

"明天给自己买点好吃的。"

"奶奶好吗？木头乖吗？您不要太辛苦。"

"都好，都好。"听得出妈妈是笑着说的，"你安心学习吧。我挂了。"

放下电话我悄悄揉眼睛。

明天是我生日，我要从生日开始让自己不再忧郁。

现在是女生时间

"可以跳健美操啦！"

麻雀叽叽喳喳飞进教室的时候，体育课的铃声还没有响。

"不得了啦——"麻雀冲到讲台前夸张地嚷嚷，"大家赶紧逃吧！"

全班吓坏。

"要地震吗？"

"没那么恐怖。"麻雀摆摆手。

"有不法分子侵入？"

"怎么可能？"麻雀耸耸肩。

"难道有鬼？"

几个胆小的女生"啊——"地尖叫。

"到底是什么事情嘛？"班长米若抓住麻雀的手臂，"别把大家的小心脏吓破了！"

麻雀嘴巴翘起来:"那个……"

"诸位莫怕,"孔亮亮甩甩头发,"正所谓教室太平,匹夫有责;正所谓兵来将挡,水来土掩;正所谓是福不是祸,是祸躲不过;正所谓君子坦荡荡,小人长戚戚……"

小老夫子话没说完,乔哥哥抱着一台健康秤进来了。

这个年轻的体育老师还兼着这个班的班主任,却没有一点儿老师的架子,大家觉得叫他哥哥更合适。

他把健康秤放在讲台下,朝麻雀喊:"体育委员,看着它,我去去就来。"

乔哥哥一转身,麻雀就对大家喊:"知道了吧? 这节课要称体重! 大家还不赶紧逃?"

"切——"全班嗤之以鼻。

"麻雀,你以为我们跟你一样怕称体重啊?"

"我们又不胖!"

在一片叫嚣声里,麻雀坚决地说:"反正我不想称体重。"

"那怎么行? 你是体育课代表,你不带头称,乔哥哥会生气的!"

"说不定还会把你削职为民。"

麻雀嘟着嘴巴不说话。

"君子成人之美。你们何苦勉为其难?"孔亮亮晃晃脑袋,慢条斯理地说,"麻雀,我是君子,我成全你。等会儿要是乔哥哥让你称体重,我想办法救你。"

"真的?"麻雀像捞到了救命稻草,"小老夫子你说话可要算数!"

"那是那是。"孔亮亮眼睛眯成一道缝,"我乃孔明的孔,诸葛亮的亮,一言九鼎。"

为我束起长发

正说着,有几个男生对健康秤来了兴趣,纷纷抢着上去称体重。

"干什么你们?"麻雀奋不顾身地扑上去,将健康秤护在自己厚实的胸膛下,"乔哥哥让我看着秤,我不能让你们碰。"

男生们才不听她的,围上去哄抢健康秤,麻雀干脆翻身一屁股坐在健康秤上,稳如泰山,还冲大家做鬼脸,眼睛鼻子挤成一堆。

"什么麻雀,简直是一只笨鸟。"

"算了。"

男生们小声嘀咕着散去。

乔哥哥踩着铃声跨入教室,看到麻雀坐在健康秤上,觉得又好气又好笑。

"下来下来。"同学们一个劲儿朝麻雀招手。

麻雀这才注意到乔哥哥已经站在了她身后。

"健康秤是用来称体重的,不是用来当椅子坐的。"乔哥哥说。

麻雀费力地从健康秤上站起来,摸摸鼻头回到座位坐好。

"有个好消息。"乔哥哥对大家说,"下个月全市举行中学生女子健美操比赛,校长指定由我们初一(3)班代表学校去参赛,由我负责编排。"

"耶——"女生们欢呼。

"太棒了!"麻雀激动得浑身发颤,"可以跳健美操咯!可以去比赛咯!"

"是啊是啊,多好。"同桌米若兴奋地挽住麻雀的胳膊。

男生们低声抱怨:"怎么是女子健美操比赛呢?为什么男生不比呢?"

乔哥哥说:"从这个星期开始,每堂体育课女生都要在教室里进行排练,男生去操场上自由活动。"

"喔——"不少男生狂呼。

"体育委员,你带领男生出去活动,打篮球打乒乓球打羽毛球都行。"乔哥哥说,"只要不出乱子。"

"哦。"

麻雀得令,吆喝男生们跟她走。

这下,教室里只剩下女生了。

"现在是女生时间!"乔哥哥搓搓手,"首先选人,我觉得16个人差不多,变队形很方便。请大家按高矮排成一列纵队。"

19个女生挤挤挨挨在桌与桌之间的过道里站成一列。

每个人都很担心自己被淘汰。

"我不参加。"突然有个声音说。

"我也不参加。"又有一个声音说。

大家注意到,是最矮的张咪和最高的赵田。

她们很有自知之明,猜想乔哥哥未必让她们参加,所以识相点儿,自己先退出,也好保全面子。

"好吧,你们俩做工作人员,为大家拿拿衣服递递水什么的。"乔哥哥爽快地点点头,眼神在女生们脸上一一扫过,"Ok,现在还多一个人。还有谁不想参加?"

大家紧张起来。

过了一会儿,一个声音犹犹豫豫地说:"我也可以不参加。"

是被大家称作"黑姑娘"的左左。她长得很黑,脸黑、脖子黑,手也黑,哪儿都黑。

为我起束长发

"好吧。"乔哥哥很高兴,"这样一来,正好剩下 16 个女生,我们开始排练。"

16 个女生开心得鼓掌。

桌椅叠起来了,窗帘拉起来了,乔哥哥带领大家练习分解动作。

门突然打开,麻雀喘着粗气冲进来,嘿嘿笑着,扭着胖胖的身体插进队伍,学大家的样子做动作。

乔哥哥停下示范,径直走到麻雀身边:"你怎么进来了?不是让你带领男生自由活动吗?"

"我都安排好了,他们正在活动呢!"麻雀说。

"你是体育委员,你得在那儿维持秩序,快去吧。"

"我是体育委员,可我也是个女生,我得来参加健美操排练。"麻雀振振有词。

乔哥哥笑笑,不知道说什么好。

傻瓜都看得出来,他不想让麻雀参加排练。因为麻雀实在是太胖了,站在女生堆里太扎眼,而且跳起操来动作很难做到位。

"好吧,"乔哥哥想了想说,"你可以作为替补队员参加排练。"

"替补?"麻雀难过起来,"为什么我要做替补?难道是因为我……胖?"

"不是。"乔哥哥否认。

麻雀突然注意到站在一边的张咪她们,又注意到讲台上的健康秤:"呀!她们都是被淘汰下来的吗?刚刚称过体重了吗?是按体重淘汰人的吗?张咪这么瘦怎么也……"

"怎么会按体重选人呢?"乔哥哥解释,"她们几个是自愿退出的。"

"我不自愿。"麻雀说,"我就要参加比赛。"

乔哥哥耸耸肩膀。

"嘿,乔老师,要你带的健康秤带来了吗?借我。"隔壁班的王老师走进来。

"在那儿。"乔哥哥指指讲台。

原来健康秤不是用来称大家体重的。麻雀虚惊一场。

晚自习的时候,麻雀拉拉米若的胳膊:"我觉得乔哥哥肯定是因为我胖,才让我做替补队员的,你说呢?"

"其实……你也不是很胖……"米若安慰她。

"是啊是啊,我也是这么想的。"麻雀来劲儿了,"我制定了减肥计划,只要稍微瘦下去那么一点点,乔哥哥就一定会让我从替补转成正式队员。"

"可是减肥很辛苦。"

"我不怕。"麻雀下决心道,"两个星期之内,我要让自己掉15斤肉。"

"啊?差不多每天要减一斤!减肥那么容易吗?"米若有些担心。

"不怕。严格按照计划做就行了。"

麻雀说着把减肥计划晒给米若看。

米若一看吓坏了,这哪儿是减肥计划,分明就是体罚计划:

> 三顿安排——早饭免、午饭蔬菜、晚饭蔬菜。
>
> 运动安排——白天每节课下课后跑800米,晚上自习课结束时跑1 500米。

麻雀说到做到,为了能够参加健美操比赛,照单全做,豁出去了。

最离谱的是,中午吃蔬菜的时候,她居然舀一碗自来水,把蔬菜在水里面过掉油才放进嘴巴。

两天下来,麻雀一脸菜色,整个人精神恍惚。

为了检验自己有没有变瘦,她到处找秤,结果乔哥哥的健康秤没找到,食堂的磅秤又不让用。

麻雀自我安慰:"肯定瘦了不少。"

米若不忍看她太辛苦,于是找她谈心。

"麻雀,冰冻三尺非一日之寒,减肥要慢慢来。"

"那怎么行? 我一定要在比赛前成功瘦身。"

"不就是个比赛吗? 参加不参加无所谓。要不,我也不参加,她们排练的时候,我们到操场上和男生一起打篮球?"

"我们是女生!"麻雀强调,"女子健美操比赛,我们怎么能缺席?"

米若劝不了她,就请孔亮亮去做工作。

孔亮亮对麻雀说:"麻雀,你现在采用的是节食和运动两种减肥方法。"

"是啊。有什么问题吗?"

"你有所不知,最好的减肥方法其实是意念减肥法。"

"什么叫意念减肥法? 怎么做?"麻雀很感兴趣。

"你不必节食,也不必加大运动量,只要每天晚上睡觉前盘腿坐在床上,心里默默地想象自己瘦下来的样子,从脸、下巴、脖子,一直想到手臂、腰围和大腿。这样一来,你必瘦无疑。"

"真的?"麻雀喜出望外,"这么简单就能减肥?"

"嘘——独家秘方,切勿外传。"孔亮亮神秘兮兮地叮嘱。

麻雀如获至宝,开心得手舞足蹈,当晚就恢复了食量,临睡前盘腿坐在床上进行"意念减肥"。

这样过了两天,麻雀觉得自己真的瘦下来一些了,可就是找不到秤。

"我想称体重。"她嘀咕。

"你不是最怕称体重吗?"大家都说。

"现在我瘦下来了,喜欢称体重了。"麻雀自信地说。

同学们捂着嘴巴笑。

这天下午体育课,乔哥哥像往常一样走进教室,搓搓手对大家说:"现在是女生时间!"

男生们乖乖地帮着叠桌椅、拉窗帘,然后走出教室自由活动。

乔哥哥对全体女生说:"告诉大家一个激动人心的消息!上午接到健美操比赛的补充通知,通知要求每个参赛队必须是 20 个女生。这样一来,我们班女生必须一个不落地全上!"

"太好了!"女生们惊叫。

麻雀似乎不敢相信这个事实:"真的吗?这么说我不用减肥照样可以参加比赛?"

同样感到高兴的还有张咪她们另外三个主动退出的女生。其实她们好羡慕参加排练的女生,巴不得自己也能参加。

这下好了,皆大欢喜。

"但是,"张咪有个小小的疑问,"我们高高矮矮的都参加,队伍不整齐,会影响比赛成绩吗?要不,去隔壁班找几个女生吧。"

"不用。"乔哥哥笑呵呵地说,"比赛比的是实力,不是身材,只要我们认认真真跳,一定能取得好成绩。"

这下大家放心了。

麻雀理所当然地放弃了减肥,也放弃了找秤,一到排练时就高兴得合不拢嘴,做动作比谁都卖力。

比赛的时间很快到了。

体育馆灯火辉煌,观众都是各中学选出来的学生代表,气氛异常火爆。

这个时候女生们才发现,别的学校的参赛队伍并不全是20个人。

"不会吧,"麻雀张大嘴巴,"乔哥哥,难道他们没收到补充通知?"

乔哥哥拍拍麻雀的肩膀,笑眯眯地看看大家:"都准备好了吗?"

"准备好了!"

"现在是女生时间!看你们的了!"

女生们昂首挺胸地走上舞台……每个人都很清楚,这个时候,比赛成绩一点儿都不重要,重要的是——现在是女生时间!

我想戴一下你的眼镜

你戴上试试……

我发现我的视力变模糊了,那些趴在黑板上的文字和数字,像是一堆乱稻草,我只看得出一个大概。

上个星期还好好的。咳,谁叫迪迪老师把我的座位往后调了两排呢!

这不,又上数学课了。

后面的彦彦用笔戳我的脊背:"喂,灵宝,给我读读黑板上的题目。"

我转过脸,看见他抬着下巴眯着眼睛翘着嘴巴,像极了一只吃饱喝足了在想烦心事的猪,便忍不住"嘎嘎"笑。

"灵宝,上课的时候怎么可以放声大笑?一点儿女孩子的矜持都没有。"迪迪老师板着脸瞪我。

"什么叫矜持?"我问完连忙用手掌捂住自己的嘴巴。

一不小心就暴露了自己的无知,连"矜持"都不知道是什么意思。咳,可我就是不知道嘛!

"矜持就是……"迪迪老师的目光在教室里搜索一下,最后落在西窗下戴眼镜的夏戈莎脸上,"像夏戈莎一样的女孩子,就是矜持的女孩子。"

"哦。"我点点头,"懂了。呵呵,迪迪老师你没看见,刚刚彦彦的样子太好笑了,看不出黑板就使劲儿眯眼睛……"

"那是因为他的眼睛近视了。"迪迪老师的目光跃过我的脑袋,去瞧彦彦,"怎么还没有跟家长一起去配眼镜呢? 看不清黑板学习会受影响的。"

"知道了。今天放学后就去。"彦彦乖乖地说。

迪迪老师用教鞭敲两下满黑板的"乱稻草":"灵宝,请你把第一题读一下。"

天呐! 是在叫我。

我硬着头皮站起来,身体尽量前倾,眼睛不由自主地眯起来:"那个……西饼厂最近加工一批西饼……"

"呵呵哈……"全班笑翻。

我感到莫名其妙,象征性地跟着他们"咯咯"傻笑两下,接着往下读题:"甲车间一天可以生产西饼 333 个……"

全班继续狂笑,笑得我读不下去:"干吗呀你们!"

"张灵宝!"迪迪老师肩膀往上耸,下巴往下掉,两颗眼珠子往外凸:"你 5 年级还是 5 岁? 连'酒瓶'两个字都不认识! 居然读成'西饼'!"

我张大嘴巴说不出话。

下课之后,我被迪迪老师带进了办公室。

"灵宝,你刚才是故意把'酒瓶'读成'西饼'的对不对?"她这么问。

我不想让她知道我视力变模糊的事,于是点点头。

"为什么要破坏课堂纪律? 你一向是个乖孩子,怎么会在课堂上故意制造笑料?"

我慌里慌张摇头,想说什么又不知道该怎么说。

"老师再给你一次机会,"迪迪老师一本正经地警告我,"下次要是再发生这样的事情,我就要请家长了。"

我拍着胸脯保证:"不了。下次我不会再把'酒瓶'读成'西饼'了。"

迪迪老师这才放过我。

中午的时候,我倚在座位上看漫画书,彦彦突然抛给我一枚硬币那么大的巧克力:"灵宝,看不出你还挺幽默的。笑死我了,只有你才想得出把'酒瓶'读成'西饼'。"

我懒得理他。

"吃吧。"他说,"下午的英语课还得请你帮忙看黑板。"

我一听见"看黑板"头就大了,赶紧把巧克力还给他:"你自己吃,你自己看。"

彦彦沮丧地说:"看来,我今天放学后一定要去配眼镜咯!"

"你戴上眼镜就是一个矜持的男生了!"我忍不住说。

"矜持的男生?"彦彦抓抓头发,"这个词语可以形容男生吗? 我以为只可以形容女生呢。"

"迪迪老师不是说了吗? 像夏戈莎一样的女生,就是矜持的女生。夏戈莎戴眼镜,所以才显得矜持。你要是戴了眼镜,不就是矜持的男生了吗?"

彦彦撇撇嘴巴："可我不想用这个词来形容我。"

"那你就不要戴眼镜。"我说。

活动课上,我们女生打羽毛球,我正巧跟夏戈莎一组。

夏戈莎握着羽毛球拍文文静静站在一边,一会儿望望天空,一会儿看看脚尖,一副心事重重的样子。

"你怎么啦?"我问她。

她喃喃地说："我想和你打羽毛球,可是又担心眼镜掉下来摔了。"

我这才仔细去看她鼻梁上的眼镜。嗯,黑边,大框,松松垮垮地架在鼻梁上,遮住了她上半张脸,像个蹩脚的面具,一点儿都不好看。

我想我是不会戴这种东西的。

所以,我不能让迪迪老师知道我的视力变模糊了。

可是,我看不清黑板,迪迪老师早晚会知道我眼睛出问题的。

怎么办呢? 我决定请她把我的座位换回来。呵呵,往前调两排,和原来一样,就看得清黑板了。

放学的时候,我候在校门口等迪迪老师。我想跟她单独说说。

彦彦从校门口蹿出来,从我面前匆匆走过。

"喂! 你这么着急是去配眼镜吗?"我喊住他。

"对呀对呀!"他一个劲儿点头。

"你不是说不配的嘛!"

"我可不想把'酒瓶'读成'西饼'。"

这家伙! 原来他知道我视力变模糊啦! 迪迪老师都不知道我视力变模糊,还以为我是故意读错捣乱。他怎么比迪迪老师还聪明？

晚上得给他打个电话，封住他的嘴。

不一会儿，迪迪老师出来了。

她长得还真漂亮，尤其是那双大眼睛，简直是两潭清凌凌的水。

"迪迪老师，我请你吃手抓饼。"我尽量讨好地问，"你喜欢加香蕉还是香肠？"

"灵宝为什么要请客？"

"因为今天犯糊涂，在课堂上捣了乱，所以想向你说声对不起。"我鼓起勇气，"顺便，顺便跟你商量一下，看是不是可以把我的座位换回去。我已经坐习惯了，在前面。"

迪迪老师眉头皱一下，嘴巴一歪，不说话。

"你要是不喜欢吃手抓饼，我可以请你吃海棠糕，或者是青团子……"我把裤兜里的硬币全部掏出来。

"灵宝，"迪迪老师笑起来，"我可以给你把座位换回来，不过，得等到下个星期一。东西我就不吃了。谢谢哦！"

她居然这么好说话！我的天！

我大笑不止。

太好了太好了！我可以坐到原来的座位上了！我可以看清楚黑板上的字了！我可以把视力变模糊的秘密藏起来了！稳稳当当地藏起来啦！

晚饭后我给彦彦打电话。

"告诉你哦，我下个星期开始不坐你前面了。我又要换座位了，往前挪两排。"

"啊？怎么又换回去？"

"是迪迪老师的安排。"我快活极了，"对了，眼镜配了吗？"

为我束起长发

"配了。"彦彦说，"戴上去特别扭，很不舒服。"

"去照照镜子，看是不是一个矜持的男生。"我在脑海里想象彦彦戴上眼镜的笨模样。

"不许再提那个词!"彦彦朝我吼，"那个词是形容女生的!"

他越是急我越是想笑。

"好吧好吧。"我言归正传，"跟你说呀，别把我视力变模糊的事情告诉迪迪老师，知道吗?"

"迪迪老师那么聪明，早晚会知道的。"

"你不说她就不会知道。"我说，"我可不想被她逼着去配眼镜。"

"哦。"

搁下电话，我的心情好极了。

第二天数学课，迪迪老师还没进教室，彦彦就早早地把眼镜架在了鼻梁上。

"你看上去像夏戈莎一样矜……"

"你再说!"

我吐吐舌头："看得清楚吗?"

"那当然。"彦彦说，"你戴上试试……"

"不用。"我说，"我想我戴了一定丑死了。"

正说着，迪迪老师踩着铃声进来了。

"哇!"全班惊叹。

迪迪老师戴眼镜啦! 紫色的细框，椭圆形的镜片，细长的镜脚，多么精致的眼镜! 她那美丽的大眼睛躲在干净的镜片后面，笑成两弯新月。

"可能是因为用眼过度，最近我的视力变模糊了，所以昨天放学后就去配了一副近视眼镜。好看吗?"

"好看!"我们大声喊。

我从来没见到过哪个人戴了眼镜还这么漂亮! 除了漂亮,迪迪老师看起来更有知识更有修养了! 像个淑女科学家。

惊讶之余,我不禁有那么一丁点儿羡慕。

"要是眼睛近视了不佩戴合适的眼镜,近视程度会加深的,后果很严重。"迪迪老师对大家说。

这样啊!

我心里打起鼓来。

我在犹犹豫豫中从星期二过到星期五。迪迪老师戴眼镜的模样在我眼中越发美丽,就连她用右手的大拇指和食指握住镜框往上提的小动作,我都觉得那么优雅。很多次,我把那副精致的眼镜想象到自己鼻梁上,然后会傻傻地笑。

有个问题我想弄明白:是不是我戴上迪迪老师那样的漂亮眼镜,就会和迪迪老师一样漂亮呢?

这么想着,我决定去试着戴一戴。

星期五的午饭后,我在窗外看见迪迪老师正坐在办公桌前备课,她的眼镜就躺在一本摊开的作业本上。

我笑吟吟地走进去,轻轻地喊一声:"迪迪老师。"

"哦,灵宝,找我有事吗?"迪迪老师望着我,微微地笑。

我注视着那副漂亮的紫框眼镜,很不好意思但又大胆地说:"我想戴一下你的眼镜,可以吗?"

两秒钟过后,迪迪老师"呵呵呵"地笑了,很大方地把眼镜递给我:"可以啊!"

我的心情激动无比,双手接过眼镜,笨拙地往鼻梁上戴……

"嗯,灵宝看上去很有学问。"迪迪老师说。

我把脸挪到镜子面前,看见镜子里的自己正笑成一朵矜持的花。

"迪迪老师,你的这副眼镜在哪个店买的?"我说,"我也想买这样的。"

迪迪老师说:"明天我带你一起去。"

我高兴得合不拢嘴:"座位就不要换了……"

星期六,迪迪老师真的带我去验光配眼镜了,我拥有了一副像迪迪老师的一样漂亮的眼镜。

后来我才知道,迪迪老师的眼睛根本就没有近视,一直都是5.3。她之所以为自己买一副眼镜在数学课上戴,是因为想让明明近视却又不愿意戴眼镜的我也戴上眼镜。

百合级校花

花中百合，清丽脱俗。

"都知道鸿门宴吧？那是史上最有名的饭局，设宴的人心中没底，赴宴的心中更没底。"仔仔身披黑色"铠甲"，头戴灰卡其"牛仔帽"，脚蹬棕色耐克，一副不中不外不古不今的滑稽模样，"这就好比咱们班目前的状况，这漂亮的'花市鸿门宴'究竟谁会笑到最后，我们拭目以待……"

装腔作势唠叨完这些，仔仔从怀里取出一颗小小的黄豆，夸张地捧在手心，抬头往我这边看一眼，躬身走来。

我的心打起鼓来。不会吧不会吧，像我这样长相平平的女孩，仔仔愿意把自己唯一的一颗黄豆送给我吗？简直是匪夷所思。

仔仔的脚步越来越细碎，越来越缓慢，我心上的鼓点也越来越紧密。谢谢你哦，仔仔，谢谢你让我拥有唯一的一颗美丽豆。我早就预知这场较量的结局，但不管输得多么惨，我都会珍藏你给予的这颗美丽豆，我要把它放在漂亮干燥的木匣子里，不让它沾一点儿尘土和水分，以免它变成黄豆芽然后悲哀地死掉。

我已经把上述感谢的话酝酿好，就等着仔仔将手中的美丽豆放进我课桌上敞开着的喜糖盒子里。

仔仔离我很近了，我甚至能感受到他的气息。哦，仔仔，原谅我曾经直率又毫无道理地伤害过你，说你头发飘雪衣衫褴褛作业本污浊不堪，实际上男孩子略微邋遢一点还是蛮有个性的。

近了，更近了，我听到了仔仔的心跳声。真的很感谢你啦仔仔，这颗豆从此不会再是一颗普通的黄豆，它在我心中象征着高贵的美丽和蓬勃的自信，有了你这份强有力的支持，我会走得越来越勇敢和坚强。

我闭上眼睛，竖起耳朵，等待捕捉仔仔的美丽豆从手中滑落到我喜糖盒子里的绝妙声响。这声音一定是细微的，但绝对是天籁之音。

可是，它好像落在了海绵上，没惹出一点儿动静来。

在我睁开眼睛的刹那，周围腾起一片欢呼，我分明瞥见，仔仔撅着屁股背对着我，正哈腰驼背站在过道那边的向晓萍身旁。而我的喜糖盒子，依旧空空如也。

"念念，别难过。"同桌小环拱一下我的胳膊，"这算什么。民间选拔，官方不承认的。"

我不吱声。

"不过向晓萍真的很出众，你看你看，身材高挑，五官精致,皮肤白皙,还有一头自然卷曲的长发,是咱们学校名副其实的校花。哇,不用化妆,搁在橱窗里人家会把她当成天使抢回去。"小环抬起脖子望着一米之外的向晓萍,情不自禁地双手合十,"哦,我要是仔仔,也会把美丽豆投给向晓萍。可惜我没有投票的权利。"

我埋下脸去满世界找纸巾。

小环这才意识到自己一不小心失态又失语,连忙环住我的脖子发嗲:"念念,她是外靓,你是内秀,在我心目中,你和她都是校花级人物。"

"我不在乎。"我努力装得无所谓,"你知道的,我讨厌'校花'这个轻浮的称谓。"

"知道知道,你还在校电视台做过一期关于'校花'的访谈节目,反对评选'校花',反对大家对漂亮女生冠以'校花'的称号。"小环压低嗓门,"但我也知道,你需要仔仔给你一份自信。"

我咬牙切齿:"谁说我不够自信!"

小环捂住了自己的嘴巴,做了个使劲儿咽唾沫的动作,一脸无辜地望着我。

下课铃声即将响起,闹哄哄的班会课很快就要结束。

老班从外面进来,像逛夜市一样悠闲地在过道里踱步,顺便瞅瞅我的喜糖盒子,再瞅瞅向晓萍的喜糖盒子。

"报告庄老师,由本人一手策划的民主投票进行完毕。四大组各推选出一位代表进行了投票,向晓萍获得四颗美丽豆,刘念念获得……嘿嘿,美丽豆都让向晓萍一个人得去了。"仔仔卸下垃圾袋剪成的"铠甲",脱下废报纸揉成的牛仔帽,嬉皮笑脸地汇报,"这样子,入选的就是向晓萍啦!"

庄老师皱起眉头，看看我，又看看向晓萍，意味深长地说了一句："她们俩都挺优秀。"

这句话多少给我一点安慰，但更让我觉得委屈。既然都挺优秀为什么入选的是她不是我！

"是是是，都挺优秀——"仔仔拖长了声音，"但名额只有一个，向晓萍入选，刘念念就没戏；刘念念入选，向晓萍就没戏。敌我关系，就像镜子的两面，有项羽就有刘邦，有范增就有张良，有刘念念就有向晓萍。"

周围涌起一番小小的笑浪。

"这家伙中了《鸿门宴》的毒，张嘴闭嘴都是那里边的台词。"小环晃晃脑袋，"不过我觉得他说得蛮有道理的哦，你跟向晓萍的关系真的是敌我关系。"

我吁口气转向她："小环你小看我了。我可没有把向晓萍当成敌人。"

"哇，念念你好有风度！"

我在小环欣赏的目光里站起身，慢慢走出座位，来到高大帅气的庄老师身边，低下头蚊子似的哼哼："庄老师，我尊重大家的意思，让向晓萍去吧。"

我说完蹿回座位。

"让向晓萍去，是大家的意思吗？"

我听见庄老师大声问。

"是——"不少同学附和。

"不是！"也有同学起哄似的喊。

庄老师走上讲台，张开两面手掌往下压了压，对大家说："既然同学们意见还没统一，那就再酝酿酝酿，今天晚自习全班投票，以最终得票多少论结果。"

"好棒啊！念念你还有机会！"小环忍不住鼓掌，"我刚刚就说那是民间选拔,官方不承认的,信了吧？我看庄老师还是倾向你的。这下好了,全班每人投一次票,说不定你能胜出！"

我丧气地嘟哝:"多此一举。"

小环环住我的胳膊小声说:"要使劲儿抓住哦,这么好的机会。"

我耸耸肩膀,不去接小环的话,也不去看庄老师的眼睛。

我知道我让他们失望了。这不能怪我,在强大的对手面前,我能做的只有逃避,这样反而显得潇洒。

人该有点自知之明,也许从一开始我就不应该参加这场PK。南都中学的"文化大使",那是何等的尊贵和荣耀,岂是我这样的平民角色能够担当的? 仗着自己是校刊的副主编（主编是老师）、电视台的副主编（主编是老师）、校团委书记的得力助手（书记是老师）,在省级刊物上发表过几篇小文章,就以为自己有资格冲刺"文化大使"了? 一个班只有一个推荐名额,在班里都出不来,哪能奢望最后的成功? 再说,人家向晓萍长得像公主,还会弹钢琴跳芭蕾舞,是南都中学千人景仰的校花,走出去绝对提升学校形象和档次,大家能不选她吗? 我敢肯定,她若代表我们初三(3)班参加全校竞选,"文化大使"一定是她。

我干吗成为她的绊脚石? 何必跟她较劲儿? 本来大伙儿都觉得我们俩各有千秋,一个有貌一个有才,综合素质不相上下,这回放在一起比较,决出个胜负来,我输了,岂不是很失面子?

算了算了,一切听天由命吧。

吃晚饭的时候,仔仔托着餐盘走过来,紧挨着我坐下,一副语不惊人死不休的模样:"范增对项羽说,看事情要看透,你要取的不单是咸阳,还有民心;你要胜的不单是刘邦,还有你自己。我想对你说,你要取的不单是出线名额,还有民心;你要胜的不单是向晓萍,还有你自己。"

仔仔的话点醒了我。是啊,我从什么时候开始失去了"民心"? 我此刻所有的不自信都源于我已经感受到自己失去了大家的拥护。我曾经那么幸福地得到过大家的支持,在初一的时候被推选为副班长,初二成为班长,初三成为校团委书记助理。然而不知从哪天开始,我渐渐脱离了我的班级,脱离了我的同学,成天忙着编校刊、编电视节目,围着老师团团转,越来越缺乏和同学们沟通的耐心,要么对他们指手画脚甚至发号施令,要么无视他们的存在。我的世界似乎只剩下我自己。

"所以,我有个建议。"仔仔碰一下恍惚的我,"建议等会儿晚自习投票前,你在全班做一次拉票演讲。当然,不是为你自己拉票,而是为你的对手——向晓萍。"

我瞪他一眼,侧过身去大口扒饭。

说来说去他是为向晓萍来的。这个跟屁虫级文娱委员,眼睛里只有向晓萍,居然想让我为对手拉票,这可能吗? 我的票本来就会少得可怜,要是再为本就大占优势的对手拉票,我岂不是会输得一败涂地?

不理他。

晚自习开始之前,我站在教室外面的走廊里,不敢进去。透过玻璃窗可以看见,同学们三个一伙五个一群围在一起聊着天、对着练习题答案,好不热闹。就连小环也加入了他们的行列。从来没有哪一刻我那么渴望时间能够停留。我不要竞争,不要投票,不要跟人家决胜负。我突然意识到,什么主编,什么助理，跟同学们的友谊比起来，是多么微不足道啊。

再想想向晓萍，她长得那么漂亮，拥有那么多艺术才华，居然没有一丁点儿美女架子，难怪同学们会喜欢她、支持她。

得民心者得天下。

我注定是输了的。

与其这样，还不如做个顺水人情，帮对手拉一次票吧。讨厌的仔仔，我该相信他一次。

这么想着，我鼓起勇气走进了教室。

小环返回座位搂住我的肩膀："亲爱的，等会儿要是结果不能让你满意，我决不允许你伤心难过。你要大大方方走出去祝贺你的对手，并且和她拥抱。"

这话令我浑身不舒服。我知道我是必输无疑的，但小环竟然一点儿面子都不给我。她和仔仔一样，都是向着向晓萍的！

晚自习铃音响起来，仔仔正神气活现地裁剪选票。等庄老师一来，投票就要开始了。

我感觉整个人发软发飘，浑身血液都往脑门上涌。难以自控地，我逃出教室去……

月明星稀，周围一片静谧。我坐在宣传廊外面的椅子里，月色浸染全身，冷风包裹心事。教学楼灯火通明，多少人正孜孜苦读，唯有我，失了魂落了魄。我突然有一种旁观者的理智。

——在那初三（3）班的教室里，有个叫作刘念念的女生，自以为很了不起，却没有多少人喜欢她。

——比刘念念优秀的人很多，比如同样在初三（3）班的向晓萍，她是那么漂亮，她每天生活在同学们中间，大家把她托

为我束起长发

举得很高。

如果你不是刘念念,而是一个置身之外的人,你会推荐谁?她俩谁更适合去参加"文化大使"的竞选?

……

不知过了多久,小环来了。她是一蹦一跳地跑过来的。她把我从寂寞的长椅子里拉起来,兴奋得像个五岁小孩:"你赢了! 念念你赢了!"

我吓坏了,怔在那儿反应不过来。

"你知道吗? 庄老师和同学们都选了你。哈哈,咱们班的这场'花市鸿门宴',你笑到了最后!"

"不可能。"我出乎意料的冷静。

"骗你干什么?"小环挽住我的手臂,拉着我往教学楼奔跑。

她没有骗我。

我走进去的时候,迎接我的是同学们的掌声和庄老师信任的微笑。

"祝贺你,刘念念。"庄老师对我说。

幸福来得猝不及防,我有些眩晕。

……

第二天,学校宣传橱窗里公布了各班推荐出来的"文化大使"候选人名单,我的名字赫然在目。我盯着"刘念念"三个字,静下心来把事情从头到尾想了一遍,感觉不对劲儿。昨晚那一场我故意缺席的投票究竟是什么样的状况? 我凭什么能够反败为胜?

我必须知道答案。

我去找小环。小环咬着嘴唇拼命摇头,一个字也不肯透露。

　　我去找仔仔。仔仔犹豫一番才慢条斯理地说:"你遇到了一个高手。她的这步棋下得很妙。"

　　"你就不要玩儿台词了。赶紧说吧,向晓萍究竟做了什么?"我问。

　　仔仔叹口气:"咳,让你知道也好。是这样子的,昨天晚自习投票前,向晓萍进行了一次拉票演讲。"

　　我认真听着。

　　"她是这么说的,"仔仔捏紧嗓门,学着向晓萍的样子说,"我不是学生干部,不必忙于'公务',所以有时间成天跟大家待在一起,说说笑笑,嘻嘻哈哈,你们就觉得我人缘好,想把票投给我,这让我感动。但这次咱们是要推选参加全校竞选的同学,这个同学必须在全校有一定的竞争力。我在班里还可以,但放到全校,又有多少同学认可我? 他们无非只会说,哎,向晓萍只不过长得漂亮一点,没什么大能耐。而刘念念就不同了,她在全校知名度高,人气旺,她编校刊、做电视节目、搞团委活动,同学们有目共睹。因此要是刘念念能代表咱们班出去参与竞争,'文化大使'的桂冠非她莫属。而如果是我,可能会浪费名额。请大家顾全大局,把票投给刘念念。她平常为了应付那么多'公务',已经失去了太多个人的时间,我们应该看到她的奉献……"

　　仔仔说完这些,转身离开。

　　"向晓萍真是这么说的?"我百感交集。

　　仔仔转身朝我耸耸肩膀:"这步棋她只能这样下,不然便是两败俱输。"

　　我坐到位置上,用眼睛的余光去留意过道那边的向晓萍。

她安静地坐在那儿,认真地演算数学题,看上去什么事情都没发生。

我一直以为像向晓萍这样的校花级人物,一定是心高气傲的,一定是自私自利的,即便她平常和同学们相处融洽,那也是假象。直到这一刻我才明白,她原来是一个多么善良纯真、可爱可敬的人,一如花中百合,清丽脱俗。我自叹不如。

"昨晚为什么不告诉我?"我碰一下小环。

小环伸着脖子笑,再也忍不住了:"是向晓萍要我保密的。我也好想告诉你,就怕她知道了说我大嘴巴。哦念念,向大美女的风度和气度真是令人折服!"

我感到汗颜。真的很想走过去拍拍向晓萍的肩膀,附在她耳际跟她说一声谢谢,但终究没有勇气。我那一期关于"校花"的电视节目虽然不是针对她的,却曾经伤害过她。

隔壁班有人好奇地问:"刘念念,你是怎么战胜向晓萍的,那可是咱们的校花!"

我说我没有战胜她,在我心中她永远是校花,而且是如假包换的百合级校花,秀外慧中,美丽大气,高雅圣洁。

请把我快递到游泳馆

回到泳池，继续受苦。

哒哒跟我说，她七点钟要带我去游泳馆游泳。不是晚上七点，而是早上七点哦。

我说，游泳馆里的水冰冰凉，我不想冻出毛病来。

我这话可不是随便说的。楼下的米娜上个星期去游泳馆游泳，回来告诉我，那池子里的水冷得刺骨，都可以用来做冰镇西瓜了。

哒哒把家里的药箱子搬出来抱到我跟前说，你只管感冒、只管发烧、只管冻得浑身都是病，反正家里有的是药。

我的嘴巴翘起来。

不过话又说回来了，10岁的男生还不会游泳，是一件丢人的事情。这句话不是我说的，也不是哒哒说的,而是我们班女生说的。我们班女生都有不少学过游泳了,男生更别说了,偏偏我胆小得要命,看见漾来漾去的水心里就发慌。

但是哒哒警告我,要是我这个暑假再不去学习游泳,她就不认我这个弟弟了。我不想她不认我,因为她是世界上最好的姐姐,所以我就只好去学游泳。听说办一张初学班的游泳卡,得花 1280 元,只能去 20 次,够贵的,顶我一年的零花钱。钱已经交出去了,是哒哒在快递站预支的工资。像哒哒这样聪明又能干的大学生,满大街送快递真是太委屈了。哒哒特别能吃苦,她每天踩着一辆电动三轮车,穿梭在大街小巷,兢兢业业,乐此不疲。爸爸不赞成哒哒送快递,哒哒却说那是一份神圣又快乐的工作,她愿意用两个月的暑假来熟悉这份工作、融入这类人群,体验为人们带去快乐的幸福感。

哒哒大概是全世界最漂亮的女快递员了,谁家的快递要是经过她的手送来,那可真是太幸运了。我每天看她穿着工作服戴着工作帽蹬着运动鞋出门,都会这么想。

今天是我第一次去游泳馆。以前总是路过,远远地看一眼,想象里面的小孩小鸡似的在池子里扑腾来扑腾去,想象要是有一天自己也不得不跑进池子里,该是多么可怜啊!

有人生来就是抗拒水、抗拒游泳的,我想我就是这样的人。

哒哒送快递的时间很紧张,但还是忙里偷闲用三轮车把我快递到游泳馆,然后牵着我的手进入底楼。一股寒气、湿气立即将我团团包围。我发现那可怕的游泳池就在一面透明玻璃墙的背面,看上去很大,比我想象中的大,池子里的水泛着蓝幽幽的光,像一池的眼泪。有一些小孩站在池子边上,跟着

教练做操，也有几个坐在池边台阶上，把两条腿伸进水里玩耍。玻璃墙这边的长椅子上早已坐满了等候的爷爷奶奶们、爸爸妈妈们。哒哒把去年就准备好的泳裤塞给我，指了指一旁的更衣室，要我进去换上。

"必须要换吗？"我掸掸身上的白色 T 恤和卡其色中裤，"穿这个就不能学游泳？"

"大家都换了。"哒哒说，"你听点话行不行？"

我抬眼看看玻璃墙后面的那些小孩，他们都穿了花花绿绿的泳衣，露出滑溜溜的四肢，男生都光着脊背，像一只只大青蛙。没办法，只好硬着头皮去更衣室。哎呀，这种泳裤穿在身上太别扭了,紧邦邦的透不过气来,最难受的是,我突然很想小便。偏偏这时候一个黑皮肤的大哥哥走过来,一把抓住我的肩膀:"你就是吐吐? 哒哒的弟弟?"

我很讶异怎么在更衣室也会有人认得我,而且能报出我和姐姐的名字。我很警惕地反过来问他:"你想干什么?"

大哥哥不说话。哎呀,我还没准备好以什么样的姿势走出更衣室,却被他一下拎到了外面。哒哒看见我穿游泳裤的样子,马上笑得前仰后合,说很帅很帅,要是不穿反掉就更帅了。怎么会穿反掉呢? 哪面穿前头,哪面穿后头,我明明研究过的!

不管了,我才不愿意再去换。

哒哒把我推进大哥哥的怀里:"吐吐交给你了,教练同学。请你对他严格要求,该批评就批评,该打屁股也别客气。一个小时后我来接快递,哦不,接他。"

我成了哒哒必须送来送去的快递。

没等我回过神来,哒哒已经消失在出口处了。

我望着眼前这个高高大大的"教练同学",这个被哒哒允许打我屁股的大男生,心里忐忑不安。

"嘿,吐吐,别紧张,我是你姐姐的大学同学。"大哥哥居然笑嘻嘻跟我说话,"和你姐姐一样,我也是在利用暑假打工。能做你的教练,是我的荣幸哦!"

看样子他并不凶,我这才稍稍放下心来。可没等我准备好,他又一把抱起我,朝玻璃墙后面走去……

米娜说得没错,泳池里的水确实非常冷,不要说做冰镇西瓜,就是直接盛起来当冰霜吃,也是可以的。虽然游泳池很大,但是来的小孩太多,所以看上去比较拥挤。池子被分割成四个区域,每个教练带一队小孩,在自己的角落教游泳课。那些小屁孩哟,有的只到我肚脐眼,居然也被家长逼着来学游泳。幸好我长得矮了一些,看上去比大多数小孩只高那么一点,不然的话就更丢人了。还好的是,教练同学并不急着赶我们下水,而是和别的教练一样教着做操,说是做准备运动。我趁他不注意,溜到了队伍的最后面。希望这种准备操一直一直做下去,做到教练同学说时间到了该下课了。

事情没有我祈祷得那么简单。十分钟不到,教练同学就命令我们跟他下水了,说是先熟悉一下泳池的环境,体会一下水包围身体的感觉。

我紧张得心跳加速,跟着小孩们像下饺子似的下入池子里,两只脚明明踩在浅浅的池底,却感觉踩在了棉花上,整个身体不由自主漾起来。又冷又害怕又难为情,真是百感交集。而这个时候最强烈的感受就是,我很想小便,越来越想小便。

可我不好意思跟教练同学说,于是悄悄地从池子里爬起来,尽量把身体团得小一点,像一只老鼠一样去找厕所……不可思议的是,还没有来得及奔到目的地,我便感觉下身一片潮热。完了完了,这回丢人丢大了。还好还好,这种事情天不知、地不知,只有我自己知道。

刚想转身回到泳池,却被一个大大的胸膛堵住了。教练同学像块石头一样横在我面前。我的脸上一阵发烫,嘴唇哆嗦着不知道说什么好。心虚,心虚啊!

"我那儿有干净的泳裤,我带你去换一下。"教练同学朝我眨巴眼坏坏地笑。

这个他都能看出来?我无地自容了。

在更衣室里,教练同学看着我把泳裤脱下来,突然大笑:

"吐吐,你太好玩了! 泳裤里面还穿三角内裤? 天呐! 怪不得你会小便失禁……"

他的嚷嚷声立刻吸引了更衣室里几个大人小孩的注意,我成了大家取笑的对象。

我强忍住羞怯和难过,麻利地换上干净泳裤,蹿出更衣室。是谁规定泳裤里面不可以穿内裤的? 哒哒没有对我说啊!

回到泳池,继续受苦。

教练同学说,接下来要学习把脸埋进水里憋气。我一听吓坏了,两条腿忍不住哆嗦。把脸埋进水里,要是一口气回不上来,那人不就一命呜呼了? 要是我没了,哒哒该多伤心啊! 爸爸该多伤心啊! 不行不行,我不能憋气。

"吐吐,把脸埋进水里,练习憋气。"教练同学过来对我进行个别辅导。

我摇头。

"想学游泳,憋气是第一步,你第一步就想退缩吗?"教练同学压低嗓门对我咬耳朵,"你看你看,人家都比你小,却都比你勇敢,你不想让他们看笑话吧?"

我看看周围,没错,小屁孩们都抖擞精神兴致勃勃地练习着憋气呢!

"可是,我……"我还是非常担心,"万一……万一……"

"万一你学不会游泳,你姐姐的快递可就白送啦! 1280元,你知道她要在烈日下送多少件快递才能凑上这个数?"

听教练同学这么一说,我的心柔软下来,脑海里浮现出哒哒骑着三轮车满头汗水满街跑的辛苦模样。对呀对呀,哒哒要送多少件快递才能赚来 1280 元啊! 她得流多少汗啊!

想到这些，我把头低下来，深吸一口气，一咬牙，将脸埋进冷水里……一次……两次……三次……一次比一次憋的时间长，一次比一次勇敢。

当我最后一次把脸从水里抬起来时，感觉脑袋好沉好沉……

迷迷糊糊地，坐着哒哒的三轮车回到了家，稀里糊涂吃了哒哒泡的感冒冲剂，然后昏头昏脑睡过去……

醒来，哒哒问我做了什么梦，睡着了居然还笑得那么开心。我说，我梦见自己变成了一只穿了泳裤的青蛙。哈哈，全世界最著名最帅的游泳健将！

哒哒心疼地说，你还是不要去学游泳了，头一天下水就感冒发烧，吓死人了。我抱起家里的药箱子说，我决定了，不管感冒还是发烧还是冻得浑身都是毛病，都没问题，反正家里有的是药！请你每天早上把我快递到游泳馆！

哒哒的脑袋朝后面晃了晃，哈哈，她大概被我的决定吓晕了。

公主的发箍

他沈浩然究竟什么嫌弃它?

　　每一个女生都幻想自己是一位美丽的公主,有一个有财的爹地,有一个漂亮又疼爱自己的妈咪,最最重要的是,那个骑着白马的王子,正穿着帅气的燕尾服,傻傻地等着自己盛装出现……

　　这是我无意中在玉格格笔记本上瞧见的一段话。

　　从那一刻开始,我就怀疑自己不是个女生了。不骗你,我没有幻想过自己是个公主,更不敢想象什么骑着白马的王子。我倒是也有幻想,却只停留在最现实的一些问题上,比如说明天的作业可不可以少一点啊!沈浩然可不可以不对我那么凶!破土的万寿菊可不可以长得快一点,赶在妈妈生日前开放!家门前那条满目疮痍的水泥路,可不可以早点儿修好,汽车开过的时候,可不可以不那么颠簸……

同样是幻想,玉格格的幻想是多么浪漫,我的幻想显得多么现实甚至低俗呀!

可有什么办法呢?对于一个长得黑黑的女生来说,有些自卑和忧心忡忡是再正常不过的事情。沈浩然经常对我大呼小叫吹鼻子瞪眼,玉格格、宋绒绒她们看电影开 party 从不邀请我,哎,男生不看女生不爱,我的问题是缺乏自信和浪漫!

"木樨,我求你一件事。"晚自习结束的时候,同桌沈浩然侧过脸一本正经对我说。他那机灵的小眼睛上方,一对眉毛拧了好几道弯。

哇噢,吓坏我了,这种天才级帅哥居然有求于我?平时只有我求他呀,求他跟我对答案,求他宽限我交作业的时间,求他不要把我上课开小差的事情告诉我妈,求他把我的名字从擦黑板的值日栏里抹掉……

可是他每次面对我的请求,不是不予理睬,就是凶巴巴地说我一顿。

这下好了,他竟然也有求我的时候,我得端出架子来。

"嗯,班长大人,有什么事你尽管说吧。"我正襟危坐,等着沈浩然继续用请求的语气跟我说话。表面上波澜不惊,其实我的心里哟,早就波浪滔天了。

沈浩然咂咂嘴,目光从我的眼睛处往上移,慢慢扫过额头,停留在头顶。

"木樨同学,拜托你摘掉你那老土的发箍,那样,或许你整个人看起来会令人舒服一些。"

沈浩然说完紧闭嘴唇,迅速别过脸去,肩膀耸起来,一副努力控制住笑的样子。

我咬着嘴唇说不出话。

"走啦,木樨!"沫沫适时出现,拽着我的胳膊发嗲,"有个好消息和你分享哦,快走快走……"

我闷着头像个木头一样跟着沫沫奔下了教学楼,脑子里全是沈浩然狡黠的眼神。

哪有这样欺负人的?我不就是戴个发箍吗?这发箍哪儿碍着他了?他这样子奚落我!

想到这些,我原本脆弱的自尊心变得更加岌岌可危。

"木樨你知道吗?玉格格进入决赛啦,她请我加入她的亲友团,比赛那天去为她加油呢!"在去往宿舍的路上,沫沫兴奋得要命,"听说她还请了沈浩然。有没有请你?有没有啊?"

"这就是你说的好消息?"我收住脚步深吸一口气,再慢慢吐出来,"请我才怪。"

沫沫搂住我的肩膀:"那……你不要难过哦,大不了我多传几张现场照片给你看……"

"不稀罕。"我抖抖肩膀。

在宿舍门口分手的时候,沫沫塞给我一枚巧克力:"木樨,明天星期三,拜托你帮我擦黑板。"

没等我反应过来,这家伙已经蹦跳着滑入隔壁宿舍了。

呵,我自己负责的星期五我都懒的擦,她居然还送我一个星期三!

我趴在阳台上对着浩瀚长空一声叹息:"命运啊,你不能这样!没有人活该一晚上受三次委屈!"

扳手指头数一下,真的是三次啊!第一次关于发箍,第二次关于亲友团,第三次关于擦黑板。

哎……

日子了无生趣地继续，像个喝醉了酒又缺乏睡眠的老人，慢吞吞晃悠悠，我不再指望有任何精彩的故事奇迹般地降临。

每天早晨梳理好头发，我都要把发箍拿起来戴上，瞧一瞧，又摘下，再戴上，如此反复，然后翻翻眼皮心里爆一句狠话：哼，就不听你的。戴上发箍见人去……

那弯跟随我一年有余的发箍蛮好看的呀，低调的硬塑，善良的银色，简洁大方，没有任何不妥。他沈浩然凭什么嫌弃它？

再说，我戴发箍刺激到他哪根神经了？这么没有修养！亏得还住一栋楼。

可没想到沈浩然还揪住这事儿不放了。

这不，一天午后大家正在教室里自习，沈浩然从外面进来，把手上一本簇新的杂志送到我眼皮下，低声细语对我说："请翻到 39 页。"

他说完潇洒地拉开我身旁的椅子，轻轻坐下。

"搞得神秘兮兮紧张兮兮的干吗？"我嘟哝，"39 页有你写的豆腐块啊？"

沈浩然保持沉默。

准没好事！

我在他小眼睛余光的注视下，打开那本中学生时尚杂志，数着页码往后翻，33，35，37，39——是彩插，画面上的女生有着清丽的面容，那洁白的短纱裙，将她小巧玲珑的身材完美地展现出来，可爱的泡泡袖把她的脖子衬得雪白修长，乌黑的波波头上戴着一顶钻色发箍，闪闪灼人眼。她幸福地微笑，张开双臂仿佛要接住一个拥抱……

"伴娘婚纱广告?"我觉得好笑,"你什么意思?"

沈浩然一把将杂志抢过去,嘴唇朝那上面的纱裙女努了努:"公主才戴发箍。喂,木樨,你总也不肯摘发箍,是不是也幻想成为公主啊?"

我急了:"我哪有! 你怎么这么说话?"

"你没有吗?"沈浩然半开玩笑半认真地说,"你敢说在你的心里,没有一丝一毫想成为公主的念头?"

"没有。"我的脸一个劲儿地发烫,"我家阿玛不是皇阿玛,我自然成不了公主。"

"只要你成为公主,你阿玛就是皇阿玛。"沈浩然的目光再次落在纱裙女身上,"瞧见没? 人家长得也很普通,参加公主选拔赛靠的就是自信。木樨,你要是内心强大起来,没准儿也能上杂志。"

我扫了一眼文字说明,看清楚这期杂志上的这位纱裙女,和玉格格一样也是参加全市公主选拔赛的选手,没想到她被摄影师看中了,上了杂志。

哎,算了,跟我何干? 就算全世界的女生都成了公主,也轮不到我啊!

不过沈浩然做得也太过分了,居然找本杂志绕着弯儿戏弄我。他越是这样,我越不情愿摘下发箍。

嘿嘿,我的发箍要是能把他气得浑身发抖,那才叫本事!

然而接下来的事情好像变得复杂起来,沈浩然竟然对我说,他不想和我同桌了。

"谁稀罕你?"我甩出去一句够分量的话。

沈浩然抖抖肩膀:"那就拜拜啦,让你的好朋友沫沫来每天近距离欣赏你老掉牙的发箍吧!"

我望着他转身离去的背影，脑筋不够用了：呃，他不会是因为我的发箍而选择远离我吧！这也太夸张了！

更复杂的事情是，一次意外让我重新认识了玉格格。

当时正是体育活动课，男生们在操场上打篮球，我们女生两两一组在一边练习颠排球。我和沫沫一组，可能是因为沫沫用力过猛，也或许是因为我太笨，排球从沫沫手上飞过来，不偏不倚砸中了我的额头。

当时只感觉眼前一黑，整个人不由自主蹲下去……立刻有几个同学向我围拢，好几只手抓住我身体的不同部位，周围充斥着嘈杂的关怀声。

这让我好感动。

"什么都别说了，赶紧送医务室！"人群中，玉格格的声音特别清脆，特别响亮，特别有主见。

这位高傲的公主，竟然扶着我的肩膀，和大家一起送我去医务室。

我的头真的晕乎了。

哎，沈浩然走了，沫沫来了。

沫沫坐过来以后，一晚上在我耳边叹息一百零八次："哎，哎，哎……这么优秀的同桌，你不珍惜，你不挽留，我要是你呀，一个人跑到卫生间抱头痛哭去了！"

"优秀什么？小肚鸡肠，连一个发箍都容不下，走就走呗。"我喃喃地说。

其实我嘴上潇洒，心里可难受了。倒不是因为失去了一位优秀的同桌，而是因为自尊心受到严重打击。我木樨就这么差劲吗？

"要不木樨，你就把发箍摘了吧。"沫沫也鼓动我。

为我束起长发

"你也看不起我的发箍?"我感觉越来越受伤。

沫沫很认真地解释:"亲爱的我不是看不起你的发箍,实在是因为,人类已经进入云时代,作为时尚女生,我们可以尝试很多种发型,如果天天戴着同一枚发箍,看起来好像停留在唐朝,人家会以为你是戴了紧箍咒的悟空呢!"

"你说什么?"我张大嘴巴哭笑不得,"原来……原来……"

"哦,木樨你不要生气。"沫沫一把搂住我,"我不想伤害你,我只是和沈浩然一样,善意地提醒你。作为你的好姐妹,我当然希望你每天漂漂亮亮。你想啊,如果每天穿同样的衣服和鞋子,周围的人会不会审美疲劳? 更何况是脑门上的发箍,那么显眼。"

我几乎要哭出来:"原来,原来我的发箍让你们大家这么讨厌!"

沫沫拍拍我的后背:"是啊,就是讨厌,有能耐你就永远别摘下来。"

我一把扯下头上的发箍,狠狠丢进桌肚,看都不愿意再看一眼。

其实在沈浩然第一次提出要我摘下发箍的那晚,我就已经动摇了,只是装作内心强大,不愿意听他的。

现在好了,沫沫居然因为我戴银色的发箍而联想到孙悟空,我还能不摘吗?

摘下发箍的脑袋,确实有些不适应呢,就感觉缺了个什么东西。为了弥补内心的缺失感,沫沫建议我改一下发型,把短发扎成一对小辫子。

哈哈,没想到这样一来,我整个形象完全变了。嗯……变得青春和明朗起来,靓丽了不少,灵动了不少。

原来换一个发型就能给自己带来新鲜的自信，真好。

让我欣喜的是，见我拿下发箍、梳起小辫，好几个女生都送来了发圈，玉格格也送了。我很喜欢她送的那个发圈，是热情又略带矜持的枣红色。

望着镜子里变漂亮的自己，我觉得扔掉发箍是正确的选择，甚至后悔没有早一些摘下发箍，弄得和沈浩然连同桌都做不成。

唉，过去事情就过去吧。

全市公主选拔赛决赛的日子很快就要来了。班会课上，玉格格被大家簇拥着登上讲台，发表最后的参赛宣言。

"哥们姐们，亲的们仇的们，我就要上战场啦！为我加油吧！祝贺我吧！我会展示出最棒的自己，争取胜利！"

"胜利！胜利！"大伙儿大声起哄。

玉格格示意大家安静，然后说："有件事情我想请我们班一位优秀的女生帮忙，这件事情非常重要，有了她的帮助，我想我会更加自信。"

"谁呀？什么事儿啊？"同学们都非常好奇。

玉格格的目光在人堆里游走片刻，竟然落在我身上。

我的心微微发颤。

天呐，她找的是我吗？我是优秀的女生吗？我一直认为自己只是个黑乎乎的丑小鸭啊！

"木樨，"玉格格已经来到我面前，众目睽睽之下，她一字一句对我说，"决赛有一个才艺展示环节，你知道我擅长舞蹈，但我不想用音乐带，谁都知道你练了八年的古筝，我想请你为我现场演奏。请你和我一起登台。"

这番话吓坏我了。

我从来没有想过要登上公主选拔赛的舞台,哪怕只是作为不起眼的配角!

"不不不,"我感到一阵眩晕,不敢去迎接玉格格灼灼的眼神,"我的确弹了很多年古筝,但是,但是在下面弹古筝和在舞台上弹古筝不是一回事,我怕我会紧张,一紧张就弹不好,影响你跳舞,后果太严重了!"

结结巴巴说完这些,我有一种想逃离的冲动。

"你是在拒绝我吗?"玉格格压低嗓门凑近我。

我摇头,再摇头。

尴尬时刻,沈浩然在后面喊道:"木樨你能行!"

"木樨你能行!"

"木樨加油!"

"木樨你是最棒的!"

同学们都扯着嗓门喊。

在此起彼伏的呐喊声中,我积压好久的自信一点一点恢复……我的胸口开始起伏,我的脸分明在发烫,我浑身的血液加速流动,整个人变得充满力量。

"就这么定吧,咱们待会儿就排练一下。"玉格格拉住我的手,无比真诚地说,"我需要你的支持!"

我怯怯地点头。还有什么理由说不?

想都不敢想,比赛的舞台那么大,足足有半块操场那么大。

为了达到完美的表演效果,为了给玉格格锦上添花而不是拖后腿,我穿上了舅舅为我买的银色的公主裙,头发盘了起来,还和玉格格一起化了妆。

玉格格穿着雪白的短裙,像个真正的公主。

　　我们在幕后候场，期待给大家带来一场精彩的表演。就在这时候，沈浩然跟着沫沫一起朝我们走过来。

　　沫沫手上握着我的那枚银色的发箍。

　　"银色的公主裙，再配上这枚发箍，就是个完美的公主啦！"沫沫为我把发箍戴上。

　　"你们不是讨厌它吗？"我有些激动。

　　"既然你的自信又回来了，发箍摘不摘，就不重要了。"沫沫说。

　　我抬起眼，看见沈浩然朝我做鬼脸。

　　"木樨，快快快，该我们了！"玉格格抓住我的手。

　　我挺起胸膛，跟着她走向璀璨的舞台……我知道，我心爱的发箍就在我脑袋顶上，熠熠生辉。

为我束起长发

"说大话"的李小艾

她在演戏。

李小艾最近迷上了说大话。她说大话的时候，眼睛睁得特别大，眼睫毛微微地一颤一颤，眼珠子却一点儿都不移动，样子怪吓人，像个女鬼。

星期一中午休息的时候，她跟我们说，她妈妈托人从澳大利亚给她买了一条羊毛连衣裙，花白格子，穿上像一只可爱的宠物羊。我们叫她星期二穿到学校来，她没有穿，因为天太热了。

星期三活动课上，李小艾说她家的仙人球开花了，一个汤碗那么大的仙人球开了6朵大大的花，花是粉红色的，每一朵都有数不清的花瓣，花瓣尖尖的像仙女长长的指甲盖。我们叫她把开花的仙人球搬到教室里来放几天，让大家都看看，她说她怕碰到上面的刺儿。

星期四科学课上,李小艾又说大话,当时科学老师问什么动物胃口特别大,李小艾站起来说,她爸爸。全班大笑,她反而提高了嗓门,说她爸爸一顿能吃 19 个包子。

今天是星期五,一早大军跟我打赌,说李小艾今天肯定又要说大话。我说不会吧,她最近几天说了那么多大话,大家都笑话她了。大军说李小艾大话还没说够,一定会继续说,不断地说,没完没了地说。

我和大军以一个手抓饼为赌注,打这场赌。

但愿李小艾今天不要再说大话了。

铃声还有十几秒就要响起的时候,李小艾才驮着书包慌里慌张走进教室。为什么会说她"驮着书包"呢? 因为她的头低得太下了,背也弯了,整个人看上去像一只煮熟的基围虾。

"她今天怎么啦?"好几个同学叽叽喳喳议论。

大军说:"她一定没写完作业。"

我猜:"她是有心事。"

李小艾在全班注视的目光里仓皇落座,然后麻利地把书包塞进桌肚,肩膀拱起来贼兮兮向窗外瞟瞟,伸伸舌头,随手摊开语文书,把头埋进去。这个样子像是刚刚撬了人家的保险柜,带了一大包赃物回来一样。

晨读铃音响起,我对大军使个眼色,左右包抄过去。

"李小艾,你的数学作业呢?"大军摊开手掌。

"李小艾,你的英语作业呢?"我也摊开手掌。

李小艾轻轻"哦"了一声,侧身从书包里抓出数学作业本和英语练习册,分别放到大军和我的手里。

"今天你险些迟到,"我很好奇她为什么看上去这么慌张,一点儿都不像前几天说大话的时候天不怕地不怕的样子,"发生什么事情了?"

"有什么新鲜事儿,只管说。"大军在诱导李小艾说大话。

我可不希望李小艾上当。她要是一天熬住不说大话,我和大军的赌我就赢了,可以美滋滋地吃到手抓饼。

李小艾迟疑一下,抬眼看看我,使劲儿咽下一口唾沫,露出一个不太自然的笑容:"嗯……刚刚实在是太刺激了!一只大黄狗追我。我本来就快到学校了,被它一追慌了手脚,满世界跑……幸好没有被咬到,不然还得打疫苗,说不定会得狂犬病一命呜呼……"

"原来是被狗追啦!"大军忍不住大笑,"呵呵哈,李小艾,你的胆子也太小了。"

他的嚷嚷声太大了,弄得全班都听见了,大家就都跟着笑。

李小艾脸红成了番茄色,像犯了错误的幼儿园小朋友,不知道说什么好。

我凝视她闪烁不停的眼睛,觉得里面很有问题。

"喂,《小学生守则》第九条规定,不可以撒谎。"我凑近她的耳朵。

她的脸由红泛白,嘴唇颤抖起来:"嘘——木子,别说话。"

看她这副着急的样子,我假装很成熟地拍拍她肩膀:"不管遇到什么事情,都不要慌里慌张。告诉我吧,我会帮你保守秘密的。"

李小艾刚想说什么,班主任进来了。

整个上午,我都在观察李小艾,发现她坐立不安、心事重重,眼睛一直往教室外面看,好像在等待什么到来,又好像在害怕什么到来,根本没心思上课。她一定是遇上什么事情了,绝对不会是一只大黄狗那么简单。究竟是什么让她这么忐忑不安呢?

好不容易挨到吃午饭,我主动走过去,挽住李小艾的胳膊和她一起走向食堂。

"李小艾,这两天你家里有没有发生什么大事情?"我试探道。

"什么大事情?"她反过来问我。

我启发她:"比如说澳大利亚羊毛裙,比如说一只仙人球开 6 朵花,比如说你爸爸吃 19 个包子。"

李小艾若有所悟:"哦,你是说新鲜事儿?"没等我说完,她叹口气接着说,"哎,我都愁死了……"

"愁什么?"大军追上来,横在我俩前面,"李小艾,你有什么大话尽管说!"

"说大话?"李小艾无辜地眨巴眼睛,"为什么要说大话?哎呀,烦死了。昨天我的意大利表哥回来了,不仅吃在我家住在我家,今天早上还跟踪我上学,说什么要看看中国的学校,看看我在学校是怎么上学的,再向班主任了解了解我的学习情况,看要不要每天晚上帮我补习补习英语……"

李小艾说到这儿,大军"嘎嘎"笑出声来,像一只吃呛了的笨鸭子。

"又说大话了。"大军暗自高兴,小声对我说,"这回她的大话说得太大了,像山一样大。"

我看看李小艾,发现她眉头紧锁,还时不时扭头朝校门口张望。

"她在演戏。"吃午饭的时候大军凑近我的耳朵,"平白无

为我束起长发

故地,怎么就冒出来一个意大利表哥? 怎么从来没听她说起过? 耶,木子,你欠我一个手抓饼。"

我可不想输。于是鼓起腮帮子说:"这次我相信李小艾的话。她一定有个意大利表哥,她没有说大话。"

大军吸吸鼻子,放下筷子去找李小艾,要她把意大利表哥带到学校来。李小艾眼睛睁得溜圆,脑袋一个劲儿地摇,说什么也不愿意。

大军只好另外想办法,他说,放学后和我一起到李小艾家去侦察侦察。

所以,他趁李小艾不注意,把她的数学作业本藏起来了。这样一来,我们就有借口去李小艾家了,而且这个借口特别漂亮——送作业本。

熬到放学,等李小艾出了校门,我们便远远地跟上去。

"有意思吗?"我瞪一眼大军,"打探人家隐私。"

"没办法啊。不去亲眼看看,怎么知道李小艾有没有什么意大利表哥? 怎么能证明你输了? 怎么能吃到免费的手抓饼?"大军振振有词,"不过呢,木子,要是你现在就认输,我们就不用去李小艾家跑一趟了。"

我才不理他。说不定呀,李小艾家里真的藏着那么一个意大利表哥!

可是,还没走到李小艾家,就发现前面的李小艾在我和大军争来争去的时候不见了。我们把人跟丢了。

"她一定发现被我们跟踪她,所以趁我们不注意把我们甩了。"大军嘀咕。

我朝一边的西饼店一个劲儿张望,幻想在柜台前熙熙攘攘的人群里能看见李小艾。但是我把眼睛望穿,都没有看见李小艾的影子。

“木子你肯定输了。李小艾说大话说上瘾了。什么意大利表哥？胡编乱造。所以呢，发现我们跟踪，她就吓得躲起来了。”大军很有把握地宣布，“这次我赢了。”

我不服，拽了大军的衣服袖子，脚下生了风，呼呼地往前跑。

李小艾家挺远的，拐过两条长长的街，才能够到达。等我们嘿咻嘿咻地出现在她家门前，迫不及待地摁下门铃的时候，嘴巴里还在吵来吵去。其实也不仅仅是为了一个手抓饼，而是比手抓饼更重要的东西——面子。嘿嘿，赢了才有面子嘛。

开门的是李小艾的外婆。她是那么和蔼可亲，笑容虽然打了许多个褶皱，看着却非常舒服。我们说，我们来给李小艾送数学作业本，外婆说李小艾还没到家。

哈哈，我们把她甩后面了。

外婆很客气，给我们吃猕猴桃和酸奶，还把我们带到阳台上去看她种的花。在那儿，我们发现了一只汤碗那么大的仙人球，上面耷拉着 6 个长长的花茎。看得出，花刚刚开过。

原来星期二李小艾没有说大话！

就在这时候，客厅里传来“呵呵哈哈”的笑声，是李小艾回来了。

我和大军探出头去，看见一个黄头发高鼻梁的外国哥哥，正蹲在那儿把刚买回来的一大包食物往冰箱里塞……

“啊？木子！大军！你们怎么来了？”李小艾兴奋不已，又显得手足无措。大概是被我们的突然袭击吓坏了。

我欣喜若狂：“李小艾！这就是你的意大利表哥吧？”

"嗯,确切地说,是干表哥。他妈妈是我妈妈的同学,他妈妈嫁给了意大利人,所以我就有了这个意大利表哥!"李小艾喃喃地说。

"意大利表哥"站起身朝我们耸耸肩膀,夸张地笑,用中国话跟我打招呼:"你们好,李小艾的同学!"

哈哈,令李小艾忐忑的果然不是什么大黄狗,而是一个黄头发的大活人。我好开心,抓着李小艾的手臂不住地摇晃:"你没有说大话,你没有说大话!"

"噢……怎么是真的……"大军有点语无伦次,摸着脑袋问,"意大利表哥,你……你会不会做意大利面?"

"意大利表哥"晃晃脑袋:"会呀。可是,会做意大利面有什么稀奇? 我还会做中国包子! 哈哈,我知道小艾的爸爸一顿可以吃 19 个包子! 可如果我做的包子摆在他面前,他一顿至少可以吃 29 个。"

他也太夸张了!

我张大嘴巴,想象着 29 个包子堆在一起的恐怖模样。

这时候,李小艾飞快地跑进房间,又飞快地出来,手上提着一条花白格子羊毛裙:"木子,木子,你看看我的羊毛裙,如果喜欢,我们可以合着穿……哦,不过要等到秋天!"

多么漂亮的羊毛裙啊! 标签明明白白地显示,这是正宗的澳大利亚服装。

澳大利亚羊毛裙、仙人球开 6 朵花、19 个包子、意大利表哥……这些都是真的! 可为什么我和班上的同学会认为李小艾在说大话呢? 为什么我们那么不容易相信别人呢?

大军朝我看看,吁口气,小声说:"木子,看来李小艾没有说大话。"

我说:"是啊。"

大军又说:"那就只好我请你吃手抓饼了。还有,我也要请李小艾。"

"我也要请李小艾。"我郑重其事地说。

　　我赶到餐厅的时候,大部分同学已经吃完饭,正端着空碗往外走。

　　我发现自己座位上一片狼藉。

　　凳子上流着红烧肉的汁水,饭碗侧倾着滚在桌面上,豆腐青菜汤洒了一桌一地,土豆青椒丝横七竖八明显被翻搅过,红烧肉不见了。

　　"谁吃了我的肉?"我朝前后看,试图从与我碰触的目光中迅速找到"嫌疑犯"。

　　好几个同学看热闹似的围过来,笑嘻嘻的表情下包藏着一颗幸灾乐祸的心。

　　"你的肉不是在你身上吗?"田凯哼哼,"你去厕所脱了衣服仔细清点一下,身上有没有少掉一块肉。"

"呵呵哈……"

哄笑声搅得我头晕耳鸣。我愤怒着,原本就埋在心中的一团火"轰"地蹿起来,灼得我鼻子冒烟。

"太欺负人了!"

我"啪"地摔了饭碗,在女生的惊叫声中梗着脖子冲出餐厅。

我居然选择逃进厕所。

这种日子没法过了。没有一点快乐,只有烦恼和痛苦。

我落魄到了连一顿饭都没吃上。

要不是米老师把我叫到办公室谈话,我的红烧肉也不至于被莫名其妙捞走。

不就是在下课铃声响起的时候吹了一声竖笛吗?我要是不吹一下竖笛提醒她,她都不知道下课,那不就耽误大家吃饭了吗?

不就是默写词语错了 6 个吗?要是每个人都全对,学校就开不下去了。这个世界容纳不了太多的尖子生。这个道理我 5 岁就懂了。

这种日子真的没法过了。

老师缠着我、同学戏弄我,回到家老爸总板着脸,要么不说话,要么一顿教训。

在学校里有做不完的作业,回到家也有做不完的作业。

家里有两台电脑,台式的是个摆设,笔记本是老爸的专属品,压根儿没我的份。别人下课的时候谈论电脑游戏,我一窍不通,傻子似的。

我把水龙头拧到最大,积满一盆水,把脸埋进去憋气。

心里燃烧着那么大的火,不浇水可不行。

　　我抬起脸抹眼睛的时候,瞥见一双干净的"李宁"运动鞋。

　　是同桌胡墨。这家伙功课好,长得漂亮,连鞋子都一尘不染,像个女生。

　　"大陆,"他对我说,"米老师让我来找你,吃饭去。"

　　米老师!这个梳着马尾辫皮肤白得跟面粉似的实习老师,居然好意思叫我去吃饭。要不是她霸占我吃饭的时间,我至于这么狼狈吗?

　　"我不吃。"我梗着脖子说,"我的肉被抢了。"

　　"你误会了。"胡墨说,"没人抢你的红烧肉,你的饭菜我都给你留着呢。"

　　我虎着脸瞪他:"你也学会撒谎了?"

　　我说完甩开膀子下楼去。

　　"你上哪儿?"胡墨的声音从栏杆上蹦下来。

　　我不回答。

　　我摸出身上仅有的几个硬币,要了一碗整脚的麻辣烫,吱溜吱溜地吃。

　　尽管卖麻辣烫的地方是我每天上下学必经的门面,但以前我从来没吃过这种东西,这都是因为老爸。有一次他开车接我放学的时候,看见很多同学在那儿吃麻辣烫,他指着麻辣烫店铺说,那是垃圾食物,不要让我看见你吃。我说大家都吃啊,也没见他们生病。他说你要是想变成垃圾你就去吃。

　　我不接话。我每天吃着他精心烹饪的白米饭和鲫鱼汤,并没有变得多么高尚。

　　他不会知道,我吃得很精细很有营养但我不快乐,如果可以让我偶尔尝一尝麻辣烫,我想我会快乐的。

　　空气有些闷,好像快要下雨了。

我搁下碗站在店门口犹豫，是往左拐，还是往右拐。

左边是学校，右边是热闹的街市，走不了多远就是网吧。

那个网吧我没有进去过，只在门口张望过七八次。从门口往里看，看不到电脑，满目都是杂七杂八的文具、玩具和零食。知道的人跟我说过，里面有一扇小门，推进去，走过一个过道，就是网吧了。

我于是对那扇神秘的门、那个神秘的过道、那个神秘的网吧多了一份向往。

我曾经幻想过，有那么一天，我揣着十块钱，挺着胸膛去推那扇门，那是多么快乐的事啊。想到这个我就心潮澎湃。

结果有一天晚上老爸对我说，知子莫如父，我知道你想玩电脑游戏，我把话说在前头，如果你哪天溜进网吧玩游戏，我立马把你扔进长江喂鱼。

我的脑子里自然就想象着鱼怎么对付我。

为什么我想什么，他都知道？

为什么他不能体会到我的不快乐？就让我玩一会儿电脑游戏吧，我会很快乐的。

唉——

终于有一天我问老爸，你希望我过得快乐吗，他说难道你认为我不希望你过得快乐吗，难道你不快乐吗？

两个反问句弄得我无言以对。

他一边挣钱养家，一边照顾着我的起居，很卖力，很辛苦，他觉得他尽力了。

我还能说什么？

我的肩膀终于朝右边拐了个拐，反正垃圾麻辣烫也吃了，何必在乎再进一次网吧呢？干脆潇洒到底。

我呼呼地跑到那家杂货铺门口的时候，天下起雨来。

秃顶的胖子打量我，我才发现自己根本没有人民币。

我站在屋檐下避雨，目光绕过他的身体仔细搜寻着传说中的那扇门，那扇通往快乐世界的门。

"你想要点儿什么？"胖子问。

我装聋作哑。

"你在找什么？"胖子又说，"雨大着呢。进来慢慢找。"

正合我意。我跳进去，睁大眼睛一寸一寸地找寻那扇门。

"中午回家吃饭的吧？"他问。

"不是。"我说，"我每天都在学校吃。"

"那你跑出来干什么？这么大的雨。"

"我想打……哦，我……我想买东西，可是忘了带钱。"

"什么东西？"

"文具。"我随口说，"钢笔。"

胖子想了想说："冒雨出来买钢笔，一定是有急用。这样吧，你挑一支钢笔，先拿去用，明天把钱送来。"

我抓抓头发，有些不好意思了："不用不用。"

"不要客气。"胖子从货架上选了一支墨绿色的钢笔，递给我，"功课要紧。"

我拗不过他，伸手接过那支钢笔。

我不好意思再去找那扇门。

他递给我一把伞："去吧。"

我笑了笑："谢谢你。"

"不用谢。"他说，"用了我的钢笔，你的功课会更棒的。"

我心头热乎乎的。

撑伞走在雨里，深呼一口气，看着手中的钢笔，我忽然有一种久违的快乐的感觉。

快到麻辣烫店铺的时候，我看见两个熟悉的身影朝我静立。

他们撑着伞，一高一矮站着，朦朦胧胧像极了一幅水墨画。

我甩甩头走过去。

"大陆，米老师还没吃饭，等你一起吃呢。"胡墨看着我。

我闷头不语。

"大陆，我话没说完，你怎么拔腿就跑？"米老师说，"我预备和你谈完话，带你一起去餐厅吃饭的。"

为我束起长发

我继续保持沉默。

"你的红烧肉没有丢。"胡墨说,"今天换座位了,你看到的不是你的那份饭菜。你的饭菜,好端端地在你座位上等你呢。"

我说不出话。

米老师搂住我的肩膀:"是我不好,批评的时机不对,耽误你吃饭;谈话的方式也不对,让你难过……"

我跟着她向学校走,难为情地不敢抬头。

米老师把我带到餐厅,周围静静的,只有我们俩。我大口大口地扒热腾腾的饭,大口大口地吃回了锅的红烧肉,不让她看出来我已经吃过麻辣烫。

她笑着说:"你吃慢点,等等我。"

我跟着她笑起来,呵呵哈哈。

雨慢慢地下,我心里的火渐渐地熄灭了。

后来我跟同学说,我在那家店里根本就找不到通往网吧的那扇门。

同学笑弯了腰说,那只是大家的一个美丽猜想,或者说是美好幻想。

我愣了半天回过神来——原来,通往快乐世界的门,是在自己的心里。

我们都是你目光里青翠的兰儿

到底谁是阿竹?

毛笑拎着一本杂志晃进来的时候,曹妞儿把巴掌大的笑脸蛋糕放到身边的椅子上,然后捂住嘴巴笑,等待大快人心的精彩一幕。

"毛笑,第3期吗? 看完了给我。"周一俏隔着两条过道大声喊,"该有结尾了吧? 我很惦念阿竹的命运!"

毛笑嘴巴一歪:"烦死啦! 欠揍!"

完了冲过来一屁股坐在曹妞儿身旁。

曹妞儿看他坐得四平八稳,拼命忍住笑:"嘿,阿竹是谁?"

"不是谁。"毛笑把杂志翻得哗啦啦响,"我记得每次都是在第34页的,怎么不见了……"

"谁是阿竹?"曹妞儿好奇得不行,"你说你说你说呀!"

毛笑没心思理她,朝那边的周一俏勾手指。

周一俏屁颠屁颠地过来。

"拿去。"毛笑潇洒地甩一下头,那些栗色的碎发在灯光下灼人眼睛。

"怎么没有阿竹?"周一俏翻来翻去脸色都变了,"阿竹怎么不见了?"

"见鬼。"毛笑沮丧地嘟哝。

"咳,这是赠刊。"周一俏拍着封面说,"真正的第3期还没到呢!"

"快了,快了!"两个男生你瞧我,我瞅你,头抱头互相安慰。

曹妞儿忍到了极点,跳起来拍桌子:"你们能不能告诉我,到底谁是阿竹?"

"你嚷那么大声干什么?"毛笑"噌"地站起来,"你想把阚老师引过来吗?"

"哈——"教室里笑浪翻涌。

刷刷刷……近百只眼睛在毛笑的屁股上聚焦。确切地说,是在那块黄色的东西上聚焦。

"干什么?"毛笑在众人目光的指引下忐忑地把手伸向屁股——脸色刷地变绿,眼珠子转来转去,尴尬了三秒钟,狮子一样咆哮,"曹——妞——儿!"

"儿"字的音还没发完整,阚老师神仙一般出现在讲台前。乖溜溜地,每个人埋下头忙自己的功课。周一俏呢,尽管脚下抹了油滑得比老鼠还快,但狼狈的回位动作还是被阚老师尽收眼底。

毛笑把粘在裤子上的蛋糕渣抓下来，抖下来，拍下来，站也不是，坐也不是，挠着满脑袋"乱稻草"不知所措。

"毛笑，曹妞儿，周一俏，跟我走。"阚老师面似包公。

她是一个忧郁的老师，一个眼睛里盛满故事的老师，一个令人捉摸不透的老师。

通往办公室的过道亮着昏黄的灯，一盏比一盏敷衍了事、有气无力。

每个人心里都把算盘打得七零八落。

毛笑恨不得立马长出一口虎牙，扯掉曹妞儿二两肉。愤怒的同时他感慨自己命运不好，摊上这么一个刁蛮同桌，每次自己搞她一点点恶作剧，她总是还过头。不就是昨天打翻墨水瓶染黑了她半张英语卷吗？她至于这么恶毒地报复？毛笑咽不下这口气。

周一俏惦记着阿竹，满脑子都是阿竹的影子。他从来不知道有人遭遇那么多坎坷，并且活得那么坚强。

阿竹是杂志上一篇分三期连载的文章的主人公。那篇文章有一个诗化的名字，叫《想你的时候你是我目光里青翠的兰儿》。文中里的阿竹是个命运多舛的女孩，先天性心脏病，一岁失去爸爸，两岁玩热水瓶被开水烫伤双腿，三岁被发现双眼重度弱视，六岁染上肺炎差点儿致命……面对不幸，她热爱生活，热爱学习，自立自强。

周一俏印象最深的是："妈妈每天给阿竹读故事，那是阿竹最幸福的时光……阿竹轻轻抚摸妈妈买的故事书，脸上的笑一点一点地溢开，嘴巴一遍又一遍地重复着——等我的眼睛好了，一定要自己把故事读一遍，还要读给妈妈听，读给天堂里的爸爸听……妈妈把阿竹讲的故事写下来，读给别的孩子听,大家都说阿竹编的故事很好听,阿竹是一个了不起的女孩……"

想到这儿,周一俏的鼻子冒出酸泡泡来。

曹妞儿紧跟着阚老师,挖空心思思索对策,心想进了办公室首先要博取阚老师的同情——大家都是女同胞嘛。

到了办公室,阚老师请他们一溜儿排在办公桌对面,不提问,也不训话。很多时候,她处理突发事件的方法就是这样的,冷冷的,静静的,耗着,等着,让人自己感觉出自己的错来。

这样默默地处了十分钟,三个人一路上拼命鼓起来的士气已所剩无几。

毛笑准备的一肚子告状的话毫无耐心地集体解散了。

周一俏脑子里的阿竹也暂时隐身了。

曹妞儿想好的策略不见了。

"为什么不珍惜时光好好读书呢?"阚老师终于冒出话来。

三个家伙垂下脑袋。

"你们以为自己的青春时光是挥霍不尽的吗?"

"每一天都过得乱七八糟才开心?"

"有多少时间能浪费?有多少日子能蹉跎?"

阚老师凝望着桌上一盆金边兰,眼神伤感。那是一簇蓬勃的兰,翠色欲滴的兰,令人心生敬畏的兰,叶如利剑,叶身倔强地向上挺,呈现优雅的弧形,叶尖谦逊地向下舒展。这么出色的兰自然也有一个与众不同的栽它的盆子,淡青色的,周身印着清秀的万年竹,一节高过一节。

沉默。

"阚老师,没……没事的话我们可不可以回教室?"周一俏终于忍不住伸着脖子说,"我还有两道物理题……"

"我的作文还缺个结尾。"曹妞儿火速接话。

"我想我应该早点儿回宿舍,"毛笑皱着眉头说,"裤子……不能见人。"

阚老师抬起下巴,从每个人的脸上扫过,慢慢儿朝门口摆摆手。

"太相似了,"周一俏出来后敲着毛笑的背说,"那盆兰我在哪里见过。"

毛笑说:"天下的金边兰不都那个模样?"

"错。"曹妞儿说,"世界上没有两片相同的叶子。事实上每一棵金边兰都不一样,就仿佛每个人的脸长得都不一样。"

"我真的在哪里见过,尤其是那只盆子……"周一俏急得要命,"怎么就想不起来呢?"

"愚钝。"毛笑说着瞟了瞟曹妞儿,"狠妞!信不信我把你一脚踹到楼下?"

曹妞儿叉腰摆出一副天不怕地不怕的样子:"借你一百个胆你都不敢。"

毛笑捏住拳头拱起鼻头,曹妞儿眼睛瞪得像黑布林。

毛笑终于没发作,甩着胳膊跑开了,心想:你等着!

这对宝贝,不知道争到哪一天才肯罢休。

第二天。

下午第一节是语文课,学习课文《离别的礼物》。

"离别是个沉重的话题,古今中外,许多人以离别为主题表达情感,留下许多名篇佳作。"阚老师慢条斯理地说,"多情自古伤离别。我想起梁实秋的那句——你走,我不送你,你来,无论多大风雨,我要去接你……"

"太伤感了。"曹妞儿全神贯注地听着,忍不住呢喃,"真是太伤感了。"

"在学习这篇课文之前,谁来背一背自己掌握的离别诗?"

有好表现者站起来背柳永的《雨霖铃》:"寒蝉凄切,对长亭晚,骤雨初歇。都门帐饮无绪,留恋处,兰舟催发。执手相看泪眼,竟无语凝噎。念去去千里烟波,暮霭沉沉楚天阔……"

曹妞儿陶醉在"离别"里,目光痴呆,表情木讷,嘴巴里念念有词:"执手相看泪眼……"

"曹妞儿,"阚老师抛出问题,"你知道文中离别的礼物是什么吗?"

这个问题简单得好笑,只要花一秒钟时间瞟一眼课文开头部分就知道了。

曹妞儿没有听见。

毛笑用胳膊肘顶她:"阚老师让你说大声点。"

曹妞儿回过神来,见大家都望着她,便站起来:"执手相看泪眼,竟无语凝噎……"

"哈哈哈……"全班笑翻。

每个人像18个小时之前注视毛笑的屁股一样关注曹妞儿的胸脯。曹妞儿下意识地低下头,看见自己胸脯下方贴着一张A4作文纸。她哗地扯下它,只见上面用签字笔写着大大的四个字——"叫我泼妇"。

曹妞儿气得发狂,张开手去抓毛笑的"乱稻草":"毛笑——你去死——"

毛笑早有准备,在曹妞儿的"魔爪"距离"乱稻草"0.1厘米的时候,机灵地闪过,很有风度地保持了发型的完美状态。

曹妞儿狠狠地把脚一跺:"阚老师!你请他家长来!"

"闭嘴!"毛笑支着下巴吼道。

阚老师平静地说:"都坐下吧,我们还得上课。下课后到我办公室谈。"

继续上课。

整个一节课,两个人一直在下面踢脚,没有一刻安宁。

阚老师把他们领进办公室,他们还在有一脚没一腿地踢来踢去,仿佛应该造两个笼子把他们各自关起来才会相安无事天下太平。

"你们两个都是聪明的孩子,所处的环境也很好。"阚老师说,"为什么不把心思放在学习上呢? 这样无休止地浪费时间,将来岂不一事无成?"

这样的话阚老师说得太多,他们已经麻木了。

"有许多孩子生活在不幸里,身体上的疼痛,心灵上的煎熬,都不能把他们摧垮,他们是那么顽强,自己和自己赛跑,和时间赛跑……"阚老师说,"你们身体健康,家庭幸福,为什么不珍惜拥有的一切,趁年少时奋斗一回呢?"

她说这些话的时候眼睛始终注视着桌上的那盆金边兰,温柔的眼神足以让人心底柔软。兰像翠绿色宝石一般耀眼,那身姿婀娜成了一首悠远动人的歌。

毛笑和曹妞儿没有注意到这些。他们歪溜溜地从办公室里走出来继续斗争。

"我就不信治不了你!"毛笑龇着牙说,"有本事咱们走着瞧,看我怎么收拾你!"

"有招就尽管使出来吧!"曹妞儿晃晃肩膀,"反正闲着也是闲着,我就跟你没完!"

阚老师的话显然没起多大作用。

两个家伙走在回教室的过道里，周一俏抱着某杂志第 3 期救火一样迎过来："我的天！我的天！"

毛笑抬起眉毛："你的天在你头上，一时半会儿掉不下来。"

"要是掉下来，先压扁个儿高的。"曹妞儿横一眼个儿高的毛笑。

毛笑撩起袖子。

"你们看……看看……"周一俏颤抖着双手翻到第 34 页。

"给我。"毛笑迫不及待地读起来，"……妈妈，请你记得给我的小兰浇水，在它渴极了的时候。也请你不要换走它漂亮的盆儿，当它长大，不至于找不到养它的土壤，还有它的家。它们在一起那么久，一定是互相喜欢的……就像妈妈和阿竹一样，是互相喜欢的……"

周一俏的眼睛泛红了。

"……妈妈把阿竹搂在怀里，蹭着她惨白冰冷的额头，心痛得殷殷滴血：可怜的孩子，纵然失去全世界，我也不能失去你。可是我注定就这样失去你，失去残缺的你，失去疼痛的你，失去无助的你……你不要走远，请化作青翠的兰，在妈妈想你的时候，在妈妈的目光里停歇，让妈妈感受你的存在，回味你芬芳的体温和柔弱的美丽……如果不能，你教妈妈如何过活……"

"阿竹走了。"毛笑有些难过，"走的时候才 11 岁，上天对她不公平！"

"如果她活着，差不多跟我们一般大。"周一俏的眼眶潮湿了。

"原来这就是阿竹。蛮伤感的……嗯，写得不错。"曹妞儿点点头,仰起脸看两个伤心的家伙,"切——一篇文章而已,你们俩至于如此动容?尤其是你!"曹妞儿瞪周一俏。

周一俏的嘴巴张张合合:"你们……知道吗?阚老师桌上的那盆兰,曾经出现在阿竹的故事里……"

说着他从怀里掏出第 1 期,翻到第 34 页。

毛笑和曹妞儿凑近了看。没错,压题的那幅图正是那盆优雅的兰。那些叶儿倔强地挺拔成弧形;那只青盆被万年竹温柔缠绕。

天!

毛笑和曹妞儿被当场击蒙。

晚自习结束后,阚老师回到办公室,看见兰叶丛里藏着一张精致的卡片。

她轻轻地捏起它,那些字暖如冬阳:"敬爱的阚老师,纵然失去全世界,你还有我们,我们都是你目光里青翠的兰儿。"

为我束起长发

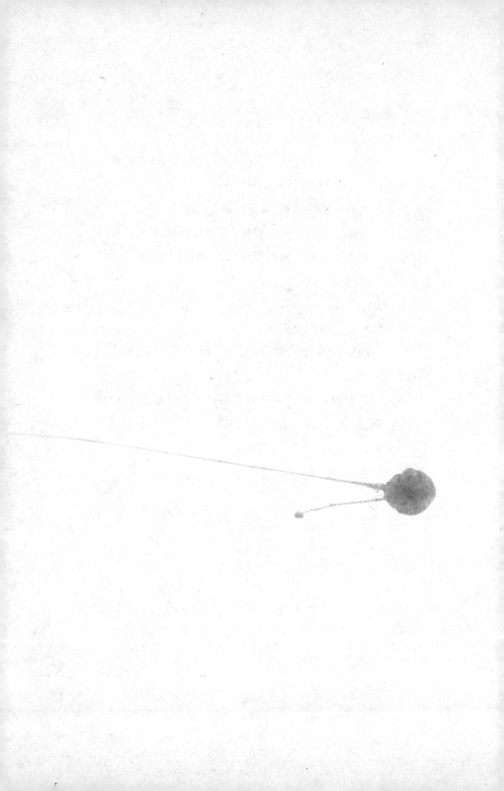